Ludovico

Romanzo di Giorgio Bompiani

25 Marzo 2007

Published by Lulu.com

ISBN 978-1-84753-328-9

Indice

1 L'infanzia

Da innumerevoli mesi ormai sono immobilizzato nel mio letto a Newcastle colpito da una improvvisa paralisi. Ripudiato dalla famiglia ed in esilio dalla Patria.

Ogni sera mi domando se non ho raggiunto il massimo della sofferenza che un uomo può sopportare senza uscire di senno, poi in qualche maniera mi addormento, smetto di pensare alla mia situazione e la notte passa, io recupero qualche energia e quando il mattino, al risveglio, mi ripresenta il desolante panorama delle prospettive che mi attendono senza alcun cambiamento, spero che potrò reggere almeno ancora per quel giorno.

Capisco ora molto bene cosa voglia dire "vivere alla giornata" senza alcuna speranza ragionevole che le cose migliorino.

Non potendomi muovere sono costretto a pensare e ringrazio Dio di poterlo fare con la lucidità di sempre. Pensare al passato, in un certo senso è vivere di nuovo la propria vita. E la mia è stata certamente una vita molto dura e piena di cocenti delusioni e di dolorose scelte. Ma è stata la mia vita e non mi sento di rinnegare le scelte fatte, credo che se mi fosse dato di riviverla la vivrei di nuovo nello stesso modo, pagandone di nuovo le terribili conseguenze.

Un uomo, se veramente è tale, deve seguire i principi in

cui crede anche se sono scomodi, altrimenti non potrebbe mai essere in pace con la sua coscienza.

Come sono stati brevi gli anni spensierati che ormai quasi svaniscono nel ricordo! Mi sembra un altro quel ragazzo così amante delle letture ed allo stesso tempo tanto curioso del mondo.

Come ero felice per la nuova casa! La casa in cui andammo ad abitare quando avevo quattordici anni, dopo la morte della mia sorella maggiore, Clementina.

Mio padre Domenico, avvocato, aveva bisogno di più spazio per il suo studio e per ricevere i clienti, oltre che per la nostra numerosa famiglia, e così ci trasferimmo in un grande appartamento al secondo piano del bel Palazzo Rondanini in fondo a Via del Corso.

Questo palazzo era vicino a via del Babuino, Via dei Condotti e Piazza di Spagna che erano abitate per molti mesi all'anno da ricche famiglie inglesi molte delle quali erano clienti dello studio di mio padre.

Al palazzo ed al cortile interno si accedeva dalla strada attraverso un portale carraio imponente formato da due grandi portoni a doppio battente, di legno scuro scolpiti a cassettoni.

Ciascuno dei portoni era affiancato da due colonne sormontate da un capitello dorico ed era racchiuso in un arco di foglie di acanto modellate a stucco e sormontato da una grande conchiglia pure di stucco.

Le quattro colonne sorreggevano un balcone lungo e stretto protetto da una balaustra a colonnine panciute su cui, attraverso tre porte-finestre, affacciavano lo studio di mio padre e la sua biblioteca.

A piano terra c'erano stalle per i cavalli e rimesse per le carrozze con accesso dal cortile interno ed alcune botteghe con accesso dalla strada e finestra sul cortile.

L'acciottolio degli zoccoli dei cavalli sul selciato era il sottofondo abituale della nostra vita.

Al primo piano, che chiamavamo mezzanino, abitavano cocchieri, e bottegai. Ai piani terzo e quarto abitavano altri bottegai e servitori che lavoravano nel quartiere.

Nel cortile stazionavano le carrozze, ed il via vai degli stallieri indaffarati era sempre uno spettacolo per me. Le botteghe che affacciavano nel cortile allora mi incuriosivano molto ed ora, nel ricordo, sono motivo di grande nostalgia per un tipo di società ed un modo di vivere che mi sono divenuti estranei.

Quasi al centro del cortile c'era una fontana che ricordo bene perché sul bordo era spesso appoggiata una vaschetta appartenente ad uno strano tipo, una specie di alchimista o di mago, che in una bottega all'angolo, cercava di far comparire immagini su una lastra di vetro armeggiando con certe sue cassette di legno.

Quando usava una cassetta, la copriva con un panno nero sotto al quale si nascondeva anche lui per non far scoprire i suoi trucchi, ritenevo io. Una volta terminato, si drappeggiava il panno nero sulle spalle e attorno al collo, come se fosse una sciarpa, con una mossa caratteristica della mano che ancora mi sembra di vedere.

Poi così conciato e con i capelli dritti se ne andava in giro con atteggiamento serio e compassato riflettendo forse sulle sue formule magiche.

Questa vaschetta a me interessava molto, più delle immagini sul vetro che peraltro non vidi mai, perché il liquido in essa contenuto aveva la capacità di rendere lucidissime le mie monetine da un baiocco. Questi baiocchi così lucidi erano l'invidia dei miei amici.

Nella bottega del sarto quasi ogni sera si radunavano, arrivando ed andando via alla spicciolata, un certo numero di giovanotti che parlavano per ore fra loro a bassa voce dopo aver chiuso la porta sulla strada e che io spiavo a lungo dalla finestra sul cortile.

Io non capivo niente di quanto dicevano, ma ero incuriosito dai loro sforzi per nascondersi. Penso ora che saranno stati forse Carbonari.

La bottega del birraio aveva l'entrata sul Corso, e sotto la sua finestra che dava nel cortile, d'estate si accumulavano i tappi della birra che di tanto in tanto la *Sora Orsola*, moglie del cocchiere che abitava al mezzanino, raccoglieva impedendomi di appropriarmene e questo mi infastidiva molto.

– "Sora Orsola, che ci fate co 'sti tappi?"

– "Ci'atturo er culo alle galline."

Allora io mi domandavo perché mai lo facesse e poi concludevo che così forse, togliendo i tappi, avrebbe avuto le uova tutte fresche di giornata e non ci pensavo più.

La *Sora Orsola* si sforzava anche invano di tener pulite le scale ed il cortile, ed era impresa evidentemente impossibile con tanto movimento di cavalli.

Oltre a questo, in un piccolo recinto, allevava un certo numero di galline con un gallo che ogni mattina dava la sveglia a tutti in concorrenza con i galli del vicinato.

A mia madre, che pure da lei comprava le uova e di tanto in tanto un pollo da arrostire, questo non piaceva e spesso se ne lamentava con mio padre, il quale però lo riteneva normale e, con la sua abituale tolleranza, ne sorrideva.

L'arrotino nella sua bottega stava tutto il giorno a cavalcioni di una sua strana macchina di legno muovendo con i piedi due leve che a loro volta mantenevano in rotazione una grossa ruota nera sempre bagnata da una goccia che cadeva da un recipiente sospeso. Tutte le forbici ed i coltelli del quartiere passavano periodicamente dalle sue mani per tornare ad essere affilati.

A lui non sembrava sufficiente il rumore sibilante che si udiva riecheggiare per tutto il palazzo, specie d'estate, e quindi si accompagnava con il canto di stornelli dialettali.

Alcuni erano dei classici più volte ascoltati, ma a volte si esibiva in sue composizioni estemporanee che commentavano eventi di attualità o pettegolezzi di quartiere. Era una specie di giornale locale.

Quando ci installammo nel nuovo appartamento eravamo già una famiglia di tutto rispetto. Mia madre, Serafina, dopo Clementina aveva avuto mia sorella Felice che allora aveva diciassette anni. Poi me che, come ho detto, ne avevo quattordici, e le mie sorelle Angelina e Francesca che ne avevano dodici e sei.

Venivano poi Virginio e Annibale di quattro e tre anni. Ultimo della nidiata era Bernardo di pochi mesi, nato all'inizio dell'estate.

Con noi vivevano anche Camilla e Francesca che costituivano una modesta ma indispensabile servitù.

In quella casa, dove sento ancora le mie radici dovevano nascere negli anni successivi ancora quattro miei fratelli che ho conosciuto e ricordo solo bambini: Carlo, Roberto, Gaetano e Adriano.

Mio padre Domenico, uomo molto serio e distaccato, era un avvocato conosciuto e ben affermato ed era sempre, anche nell'intimità familiare, molto attento a mostrare un atteggiamento consono alla sua professione forense: era sempre vestito *come si deve* e non si esprimeva mai in dialetto romanesco ma sempre in perfetto italiano, se non in latino.

Raramente scherzava, come se temesse di minare la sua credibilità professionale. Era sempre molto calmo e posato, non l'ho mai inteso alzare la voce, ne' con gli estranei ne' tanto meno con mia madre.

Con noi figli parlava raramente, così si usava infatti ai suoi tempi, ma era sempre informatissimo delle nostre vicende e non perdeva occasione per farcelo capire. Questo era il suo modo di dimostrare affetto.

Nell'ambiente giudiziario romano era molto noto e professionalmente apprezzato, specialmente in Corte d'Appello e trascorreva interamente le sua giornate fra i tribunali e lo studio con i clienti.

Suo unico passatempo nei momenti di riposo era la storia della nostra famiglia che è molto antica. Teneva sempre a portata di mano e leggeva spesso il manoscritto redatto sull'argomento dal fratello di suo nonno, Giuseppe, avvocato anche lui.

Mia madre, Serafina, a diciotto anni nel 1799, aveva sposato mio padre già vedovo e senza figli viventi. Era, ed è, una donna molto energica e risoluta, è stata sempre lei il vero capo della famiglia.

Di educazione molto religiosa è sempre estremamente rigida nei comportamenti e nel giudicare le azioni sue e degli altri. Singolarmente incapace di indulgenza è stata una madre molto severa, direi quasi una madre dura.

Sembrava ritenere che il mostrare affetto verso i figli indebolisse la sua posizione nei loro riguardi. Quando ero bambino il mio desiderio di essere rassicurato sull'amore di mia madre è sempre andato deluso, perché in ogni occasione, immancabilmente, qualche cosa che non poteva essere perdonato era stato commesso da uno di noi figli.

Da adulto, poi, la sua posizione di condanna irriducibile, neanche attenuata dalla comprensione delle mie ragioni e del mio dramma, è stata per me causa di grandi sofferenze. Nella sua concezione della vita e della società è fondamentale apparire allineati al pensiero ed alle regole comunemente accettate dalle *persone per bene*.

Per lei, inoltre, la missione di educare i figli è da considerare una missione senza fine, anche con i figli adulti ed ormai capaci di affrontare da soli la propria vita. E da qui sarebbero nati non pochi conflitti familiari.

La mia prima esplorazione solitaria del mondo esterno, fuori della protezione della casa e della famiglia, avvenne quando da poco abitavamo a Via del Corso. Sfuggendo all'occhiuta sorveglianza di Felice, mia sorella maggiore, mi avventurai sulla strada incuriosito per le molte persone e carrozze che passavano in direzione di Piazza del Popolo.

La grande piazza era molto affollata, e la gente si raggruppava intorno ad un imponente palco di legno con l'atteggiamento gaio e festoso di chi è in attesa di uno spettacolo. Bambini e ragazzetti si rincorrevano con gran divertimento fra i pali che sorreggevano il palco.

Le carrozze che avevo visto passare, sostavano un po' appartate, ma schierate di fianco per permettere la vista del palco dai finestrini laterali.

Pensando si trattasse di uno spettacolo di guitti o saltimbanchi, mi feci largo e mi avvicinai. Notai allora che sul palco troneggiava una macchina di legno mai vista e dall'uso per me misterioso.

Mentre cercavo di capire di cosa tutti erano in attesa, dalla Porta Flaminia entrò una processione di incappucciati (quelli che chiamavamo *Compagnia della bona morte*) al suo seguito c'era un carro aperto scortato dai gendarmi sul quale un frate stava in piedi fra due giovani in maniche di camicia e con le mani legate dietro alla schiena.

La folla si animò cominciando ad emettere grida e fischi mentre si apriva per lasciar passare il corteo.

Il carro si fermò sotto al grande palco e i due giovani salirono la ripida scaletta seguiti dal frate. Quando furono in cima i due si rivolsero verso la folla che rumoreggiava divertita gridando qualcosa al loro indirizzo mentre un uomo incappucciato, comparso improvvisamente con delle grandi forbici, tagliava il colletto delle loro camicie.

A questo punto cominciai a comprendere che la folla gridava qualcosa di simile a "Morte ai Carbonari, viva il Papa!" e mi sentii gelare ricordando *quei* racconti più volte ascoltati senza troppa attenzione.

Purtroppo non fuggii ma rimasi impietrito ed assistetti in prima fila alla conclusione dell'evento crudelmente sanguinario e che mi impressionò orribilmente al punto che ancora oggi ne ricordo i minimi dettagli.

Io inoltre non capivo perché tagliare la testa ai carbonari, dato che ogni giorno compravamo la loro merce, ma accantonai il problema che apparentemente nessuno si poneva.

Mi impressionò anche molto il calmo coraggio dei due disgraziati patrioti. Non sapevo ancora che, per la loro stessa causa, il futuro mi riservava sofferenze forse anche maggiori.

Quando riuscii a scuotermi ed a reagire, corsi a casa cercando di passare inosservato ed andai a rifugiarmi nel mio abituale nascondiglio fra il letto ed il muro. Per la prima volta questo mio rifugio segreto mi apparve inadeguato ma tuttavia non trovai il coraggio di confidarmi con nessuno.

In quel periodo frequentavo spesso la nostra parrocchia di Santa Maria del Popolo e lì cominciai a conoscere i Monaci Benedettini il rapporto con i quali sarebbe stato tanto centrale per me durante tutta la vita.

Nelle belle giornate, uscendo dalla Parrocchia a volte mi arrampicavo sulle pendici del vicino Pincio, dove erano in costruzione le tre rampe carrozzabili che da Piazza del Popolo portano alla sua sommità sulla terrazza panoramica, anch'essa in costruzione, per completare la passeggiata da Trinità dei Monti.

La strada, ancora appena tracciata, passava sul fianco della collina avanti a Villa Medici. Era un gran cantiere, a quel tempo, ma già si poteva capire la bellezza del progetto a cui avevano messo mano i più grandi architetti.

Quando da Frosinone veniva a stare da noi per un certo periodo mio cugino Francesco, soprattutto d'estate, i confini delle mie avventure si allargavano notevolmente.

Mio padre, nel timore che combinassimo qualche guaio, col pretesto di farci imparare un po' di geometria, ci mandava a lezione da un certo Suffrani che aveva uno studio da scultore alla Passeggiata di Ripetta, in un posto bellissimo sul fiume non lontano dallo studio di Antonio Canova.

Se studiammo la geometria, non lo ricordo, ricordo solo che comprammo la carta da disegno ed un compasso e che questo signore non combinava mai niente. Passava quasi tutto il suo tempo a fumare in strada intagliando pipe e bocchini di legno con un suo inseparabile coltellino.

Quando voleva ricevere qualche modella di costumi un po' disinvolti, ed a noi la cosa non sfuggiva di certo, o dedicarsi ai suoi affari, ci lasciava liberi, in cambio della nostra promessa di essere buoni e comportarci bene, ed allora il mondo ci sembrava nostro.

Scesi in strada correvamo a vedere i pescatori sulla riva del Tevere, c'era Borghese il Matto (una celebrità nel genere), Nini Donati e spesso il Gobbo, così lo chiamavano, pittore, amico di Don Ippolito Ruspoli pittore anche lui, che in bombetta, panciotto e maniche di camicia, pescava con la canna.

La Passeggiata di Ripetta, a monte del porto fluviale, era un posto incantato, costeggiava la riva del Tevere fra le due alture in corrispondenza del Mattatoio e dell'Ospedale di S. Giacomo.

Il fiume in quel punto era meraviglioso ed era anche il teatro delle nostre avventure quando d'estate lo traversavamo a nuoto ed andavamo in cerca sull'altra riva di qualche osteria in cui mangiare un boccone.

E proprio in queste osterie dei *Prati*, fuori della portata delle orecchie dei familiari, parlavamo liberamente delle nostre aspirazioni e progetti per il futuro.

Francesco si professava liberale e certi giorni anche *rivoluzionario* e comunque si dichiarava avversario irriducibile del Potere Temporale del Papa adducendo motivazioni che in fondo, mio malgrado mi colpivano e in parte già condividevo. Le vicende future della mia vita che mi avrebbero in seguito portato a condividerle pienamente, avrebbero trovato infatti terreno fertile nel mio animo.

– "Ludovico, per favore segui il mio ragionamento.
Se la Chiesa deve governare uno stato, non può farlo che attraverso i suoi uomini e, per la natura stessa dell'uomo, avverrà che sarà solo Stato e non più Chiesa, e per giunta sarà uno stato di cattiva qualità."

– "Non lo so, Francesco, perché dici che non sarà più Chiesa? e perché poi deve essere di cattiva qualità? Il fatto che chi ci governa attualmente non riesca a risolvere vecchi e nuovi problemi non vuol dire che questo debba essere necessariamente generalizzato."

– "Ma certo che è così. Non vedi che di fatto la consuetudine ha portato che qualsiasi carica pubblica è appannaggio del clero?
I nostri governanti non sono funzionari eletti dal popolo e neanche nominati dal sovrano, ma sono partecipi della sovranità essendo membri della Chiesa e se questa coincide con lo stato essi finiscono col comportarsi non come amministratori della cosa pubblica, ma come se ne fossero i padroni.
E siccome essi partecipano della sovranità, nessuno è in nella posizione di giudicare il loro operato.
E come se non bastasse la stampa non può occuparsi delle faccende pubbliche."

– "In fondo forse non hai proprio torto, ma ..."

– "Aspetta, fammi finire.
Ormai si è imposto il concetto che solo agli ecclesiastici spetta amministrare un governo di istituzione divina per cui essi soli promulgano le leggi, giudicano nei tribunali, dirigono l'istruzione e reggono la polizia."

– "Questo non è vero, conosciamo noi stessi tanti funzionari che sono laici."

– "Si, ma sempre di rango inferiore, hai mai sentito di un laico che fosse ministro, capo di una provincia, ambasciatore, capo del dipartimento del catasto, del Consiglio delle finanze, Consigliere dei supremi tribunali della Rota, della Consulta, della Segnatura, o anche solo presidente o vicepresidente di tribunale, civili e commerciale? Mi puoi spiegare cosa c'entra l'amministrazione del catasto con l'investitura divina?"

– "Si è vero, ma ci sono sempre le professioni liberali aperte a tutti."

– "Con ben poche prospettive, noi giovani intellettuali dovremo disputarci solo poche posizioni di rilievo, se consideri la stasi del commercio, dell'industria e quanto abbiamo appena detto della pubblica amministrazione.
Certo nel collegio dei cardinali ci sono uomini saggi e pii, ma non saranno sicuramente loro nei posti preminenti. Certamente saranno gli avventurieri a prevalere nell'aprirsi la strada verso la porpora e quindi il potere.
E poi c'è l'altra piaga, il cumulo delle cariche. Guarda lo scandalo del Delegato Apostolico di Civitavecchia, è Presidente del consiglio di provincia, della commissione sanitaria provinciale, della commissione filiale di sanità marittima e polizia dei porti per tutto il litorale mediterraneo, delle commissioni del censo e dei miglioramenti agrari, della Giunta di statistica e della Camera di commercio, sempre da lui dipendono gli uffici pubblici, la milizia, l'amministrazione della casa di condanna, quella dei lavori del porto e dell'arsenale.
Credi che abbia cumulato tante cariche per le sue doti pastorali? o perché è un sant'uomo? o perché nessun altro sarebbe capace di portare avanti così bene quei compiti? O non piuttosto per le qualità opposte?"

Io a fronte di tante argomentazioni rimanevo spesso senza risposte e, tanto per amore di dialettica e per tenere il punto, non mi rimaneva che mettere in dubbio le sue fonti di informazione, ma lui non dubitava mai e proseguiva ancora insistendo:

– "Da tutto questo consegue che necessariamente in uno stato teocratico i cittadini sono di fatto impossibilitati ad avere opinioni politiche diverse dalla posizione ufficiale dell'Autorità, e quindi la libertà è impossibile."

– "Ma, Francesco, non è vero, cerca di essere obiettivo, con i dovuti modi il dissenso si può esprimere. Le situazioni storte possono essere anche corrette senza distruggere lo stato costituito."

Ma Francesco, ormai lanciato nella sua arringa, non mi ascoltava più.

– "Per di più ti faccio riflettere sul fatto che uno Stato della Chiesa situato al centro della penisola e che giocando qualche volta sul fatto che è Chiesa e qualche volta sul fatto che è Stato, cambiando e combinando le sua alleanze e tessendo abilmente le sue trame riesce ad impedire l'unione in uno solo di tutti gli Stati Italiani.
E l'Italia? non capisci che non saremo mai una nazione come la Francia o la Spagna se non riusciremo a costruire uno stato unico?
Che finché saremo divisi saremo anche colonizzati e dominati dagli stranieri?
Dovremmo creare in qualche modo un unico stato italiano. Dovremmo anche individuare un sovrano adatto e così illuminato da promulgare uno statuto liberale come primo atto ufficiale."

–"Si bravo vallo a scegliere un sovrano come dici tu, dove lo trovi? e poi la statuto che ti riempie tanto la bocca come dovrebbe essere secondo te? Voglio dire quali sarebbero le *liberalità* da salvaguardare?"

–"Questo sovrano non lo conosco ancora, dovrà essere scelto da tutti e scelto bene. Quanto allo statuto non si può dire a voce, bisogna studiarlo bene a tavolino, ma le *liberalità* come

le chiami ironicamente tu, sono quelle che dico sempre, e poi anche molte altre a cui si dovrà pensare.
Ma tu non chiedere tutto a me, non vuoi contribuire anche tu?"

Io, pur condividendo alcune delle idee di Francesco, mi sentivo, e certamente ero, più contemplativo. Più che alle battaglie per cambiare il mondo ero interessato alle letture e sentivo forte il richiamo della religione.

Avevo grande ammirazione per i Monaci Benedettini di cui invidiavo la cultura. Ero impaziente di raggiungere l'età per entrare nel loro collegio e forse poi di prendere i Voti e dedicare la mia vita al servizio di Dio, come già tanti altri avevano fatto nella mia famiglia.

Capivo bene che una scelta del genere, che era quanto a quei tempi veniva imposto per motivi patrimoniali ai figli minori, mi avrebbe privato dei privilegi di cui godevo come primo figlio maschio in una famiglia benestante, ma io in fondo tendevo ad accedere a privilegi di natura spirituale che consideravo anche maggiori.

La mia poca simpatia per il Potere Temporale del Papa non era un ostacolo al mio slancio mistico, in fondo il mio desiderio di essere Monaco era per me un progetto spirituale e non politico.

In altre parole, applicavo dentro di me la separazione fra i sentimenti religiosi e la posizione politica che altro non era se non quanto poi avrei auspicato pubblicamente con gravi conseguenze per la mia vita: la separazione fra Chiesa e Stato.

Un'altra avventura che vivevamo volentieri era quella di fare lunghissime passeggiate nella campagna romana. Ci ponevamo un obiettivo più o meno lontano, compravamo una scatola di sigari e via, in cammino, fumando e chiacchierando talvolta di cose futili e qualche altra dei nostri progetti per il futuro.

La più bucolica delle nostre mete era la fonte chiamata dell'Acqua Acetosa posta fra i Monti Parioli coperti di vigne ed il Tevere, bellissimo prima della sua entrata in città, ma già colorato del suo tipico giallastro che gli viene dalla confluenza con l'Aniene, poco più a monte. Questa confluenza era da lì facilmente raggiungibile ed era interessante vedere come il fiume cambiasse colore.

Uscivamo dalla Porta Flaminia a Piazza del Popolo e percorrevamo la Via Flaminia sempre dritta fino a Ponte Milvio. Poi non rimaneva che costeggiare la riva sinistra del fiume in senso inverso alla corrente, senza traversare il ponte, passando per i sentieri fra le vigne ed i canneti.

Qualche volta invece traversavamo il ponte e continuavamo a seguire la Via Flaminia, che curvava verso destra e saliva per uscire dalla valle del fiume, arrivando fino ad un'osteria di campagna dove si fermavano a mangiare i cacciatori

Altra meta più mondana, ma più rara perché richiedeva un'intera giornata era la cittadina di Frascati. Uscivamo dalla Porta S. Sebastiano percorrendo la Via Appia e poi la via Tuscolana che gradatamente saliva sulle colline ed in questo percorso eravamo accompagnati dalla vista degli antichi acquedotti.

Francesco ed io avevamo molto affetto reciproco e rispetto l'uno per l'altro, ma le nostre differenti concezioni della Società qualche volta ci trascinavano in dispute molto accese e ricordo che una volta arrivammo fino a Frascati camminando in silenzio ciascuno su un lato della strada e fumando in continuazione e con rabbia. Tornammo a rivolgerci la parola solo dopo aver finito i sigari e la strada.

Qualche volta andavamo anche al così detto *Teatro Corea* nel palazzo omonimo. Lì si tenevano i giochi di cavallo e di acrobazia delle compagnie più rinomate, e per i ragazzi della nostra età erano una grande attrazione.

Scoprimmo anche il teatro di prosa, ma lo frequentai per poco tempo. Ci fu infatti un attore tanto cane, da disgustarmi per sempre.

Si rappresentava una commedia in cui il protagonista comparve in scena vestito da cacciatore con indumenti perfettamente nuovi, nuovo il carniere e perfettamente nuove, anzi lucidissime, forse di coppale, le scarpe, dicendo testualmente con una orribile voce gutturale: "Nulla in questi paraggi. Questa mane indarno tentai scovare una lepre". Per me fu troppo e non sono mai più andato al teatro

2 La crisi

Quando entrai nel convento benedettino di S. Scolastica a Subiaco per il mio noviziato, nei monaci era ancora vivo il ricordo delle spoliazioni subite dal monastero meno di dieci anni prima per ordine del Prefetto nominato da Napoleone.

Dal monastero erano stati portati via arredi sacri, mobili, campane, bestiame, libri e manoscritti, una vera tristezza. ed ancora si notavano gli oggetti mancanti.

Tuttavia nei monaci anziani tornati al convento, anche se in pochi, c'era molta voglia di recuperare la spiritualità disturbata e interrotta, mentre nei giovani che desideravano entrare era forte il desiderio di riagganciarsi ad una tradizione tanto antica di operosa religiosità e ricchezza spirituale.

In ogni caso però in quegli anni c'era una grave crisi nel monachesimo italiano, crisi che trascendeva il Monastero di S. Scolastica. Molti conventi erano stati materialmente distrutti ed i monaci avevano vissuto per anni nelle parrocchie o nelle case delle loro famiglie.

Molti di loro avevano perso l'abitudine e la capacità di vivere secondo la regola ed inoltre erano stati contagiati dalle idee liberali. In altre parole, molti di loro non se la sentivano di rientrare nella regola, e per questo tornavano in pochi.

A volte mi sono domandato se anche io in fondo non fossi oggettivamente troppo imbevuto di queste idee liberali. Non lo so, certamente sono figlio dei miei tempi e tendo a dare valore a certi principi dell'Illuminismo che ormai considero irrinunciabili, ma contemporaneamente mi sento più religioso che secolare.

Questo problema di conoscenza di me stesso non l'ho ancora risolto, ed ormai è sicuro che non lo risolverò mai, non ci riuscirei neanche se disponessi ancora di molti anni per rifletterci.

Avvicinandosi la data in cui avrei fatto la mia professione nel Monastero Benedettino di Subiaco, qualche dubbio su quale delle mie *passioni* (se il Risorgimento o la vita monastica) dovessi seguire, per la verità mi venne, ma i moti rivoluzionari del 1820 e 1821 ancora in corso sembravano trionfare ed io mi illusi che in fondo non fossero contrastanti.

Ai miei occhi il Risorgimento stava per finire, avendo portato a compimento la sua missione, la svolta in senso liberale di tutti i governi Italiani era inevitabile, la rinuncia papale al Potere Temporale mi pareva un processo avviato e non più eludibile, e questo processo certamente avrebbe portato alla riunificazione di Roma col resto d'Italia.

Nello scenario che il mio desiderio mi faceva sembrare prossimo, mi vedevo seguire la Regola dell'Ordine senza travagli in un mondo in cui l'essere Monaco era la mia scelta personale che non mi imponeva una scelta politica predeterminata.

Ero propenso quindi ad abbandonare i miei dubbi pensando che l'antitesi fra le due scelte di vita in realtà non esistesse più, quando ai primi di ottobre del 1821 in nostro reverendissimo Padre Amministratore mi mandò a chiamare.

Bussai alla sua porta.

– "Padre Reverendissimo, mi avete fatto chiamare?"

– "Entra Don Benedetto, siedi. Devo darti un incarico un po' particolare e certamente inatteso."

– "Vi ascolto, Padre reverendissimo."

– "Come sai è tradizione antichissima che il Padre Guardiano di S. Francesco per la festa del Santo che cade il 4 ottobre inviti a presenziare alla celebrazione l'autorità più alta presente nel nostro convento in rappresentanza del nostro Ordine. Quest'anno mi trovo in difficoltà, poiché non ho nessun monaco professo disponibile per esercitare l'ufficio di suddiacono nella cerimonia. Ho disposto pertanto che mi accompagnerai tu e farai da suddiacono."

– "Ma Padre Reverendissimo, io sono solo un novizio in educazione!"

– "Lo so, Don Benedetto, ma tu farai la professione fra pochi giorni, il 13 ottobre, se non sbaglio, e siccome apprezzo molto il modo con cui osservi la regola e mi è noto lo scrupolo con cui rifletti sui tuoi dubbi per fare la cosa giusta, ho deciso di approfittare dell'occasione per darti un'opportunità in più di riflessione."

Poiché non riuscivo a nascondere la mia gioia, il mio superiore proseguì:

– "Don Benedetto, non inorgoglirti, non si tratta di un onore o di un riconoscimento, ma solo di un servizio che sei chiamato a fornire con la consueta umiltà.
Ne parlerò agli altri monaci in Capitolo, sicuramente ci saranno critiche. Qualcuno dirà che non si dovrebbe, qualcun altro dirà che lo meriti e di questo ti prevengo ancora, tu non parteciperai al dibattito e ti terrai in disparte in umiltà, senza

dar ascolto a chi dovesse lodarti per sostenere la mia decisione.
E' tutto va pure figliolo."

– "Non posso nascondere di essere lieto di questa opportunità ulteriore che mi viene offerta. Vi chiedo solo Padre Reverendissimo di pregare perché io sappia fare la scelta giusta."

Le cose si svolsero effettivamente come previsto, ci furono molti commenti alla decisione del Padre Amministratore, ma il 4 ottobre come stabilito partecipai con funzione di suddiacono alla celebrazione della festa di S. Francesco.

Ricordo anzi come nel corso di questa cerimonia accadde un episodio molto divertente: c'erano in chiesa dodici coppie di sposi provenienti dai paesi vicini che, come tradizione in quel giorno, portavano un loro figlio per il battesimo.

Uno di questi battezzati, disturbato dall'acqua fredda cosparsa sulla sua testa prese a piangere e non smetteva mai, ed allora uno dei fratellini che avrà avuto al massimo due anni gridò all'assemblea la sua raccomandazione: "Vuole la zinna!".

Questa mia partecipazione alla celebrazione della funzione, episodio banale in sé rappresentando solo una piccola anticipazione, mi diede però, con la gioia che provavo, la conferma della mia vocazione ad entrare nell'Ordine. A questo punto bandii ogni esitazione ed il 13 successivo feci la mia professione solenne e formale.

La mia vita prese a svolgersi con un ritmo tranquillo ed io provavo la gioia di essere in pace con i miei Superiori, con i Confratelli e soprattutto con la mia coscienza.

Presi a svolgere i compiti che mi venivano assegnati e che richiedevano spostamenti frequenti fra Subiaco, Perugia, Roma e Montecassino. Questi viaggi erano faticosi, ma io ero giovane e mettevo molto entusiasmo e impegno nelle cose che facevo.

Inoltre ero molto attaccato alla mia famiglia ed ogni passaggio per Roma mi dava la possibilità di vedere i miei fratelli che, essendo in tenera età, ogni volta mi davano la sorpresa di trovarli diversi dalla precedente visita.

Amavo anche molto i luoghi in cui sorgevano i nostri conventi, in particolare quello di S. Scolastica a Subiaco immerso in un delizioso bosco nella valle dell'Aniene. Ogni ora dedicata alla meditazione, se il tempo consentiva di trascorrerla all'aperto, era un vero godimento e non solo spirituale.

Quei luoghi così belli erano apprezzati e frequentati da appassionati di pittura che venivano anche da molto lontano.

Un giorno, nell'estate del 1826, mentre ero nel chiostro immerso nella mia meditazione, ne fui distolto da un urlo spaventoso che veniva dall'esterno. Pochi attimi dopo irruppe un novizio gridando in preda al panico che qualcuno era precipitato nel fiume.

Ebbi la presenza di spirito di correre immediatamente a chiamare Don Fabrizio che era un buon medico e lo trascinai letteralmente per il sentiero che scendeva al fiume. C'era in acqua effettivamente una forma umana che affiorava appena.

Mettendo a frutto la mia sperimentata e antica abilità nel

nuoto mi sfilai rapidamente la tonaca e mi gettai in acqua. Riuscii con facilità a trascinare a riva il malcapitato. Due confratelli mi aiutarono a sollevarlo e deporlo sulla riva.

Lo riconobbi allora, era un pittore dilettante polacco, uno fra i tanti che incontravamo spesso nei dintorni del convento.

Lo conoscevo un po' per aver talvolta scambiato qualche parola con lui. Il poveretto, evidentemente cercando di raggiungere qualche postazione particolare per dipingere, era precipitato dalla balsa sottostante il convento finendo nel fiume Aniene dopo un pauroso volo.

Malgrado fosse ancora vivo, il nostro Don Fabrizio non riuscì a rianimarlo e non ci rimase che somministrargli i sacramenti.

L'estate successiva ottenni di poter ricevere la visita, durata alcuni giorni, di uno dei miei fratelli più giovani, Virginio, che aveva allora quattordici anni. Virginio purtroppo già presentava i segni della malattia che in tre anni doveva sottrarlo, ancora giovanissimo, all'affetto della sua famiglia.

Ottenni per questo motivo dai superiori il permesso di invitarlo ad un breve soggiorno nella nostra foresteria sperando che l'aria buona potesse giovare alla sua salute. Purtroppo questo obiettivo fu scarsamente raggiunto, tuttavia la reciproca compagnia nell'ambiente tranquillo e privo di distrazioni del monastero fu per noi due un vero piacere.

Avemmo modo di parlare di tante cose durante lunghe passeggiate nel fresco dei boschi e, non avendo potuto alleviare il suo male, ho almeno la consapevolezza di averlo aiutato ad affrontare il suo destino tanto duro, inducendolo a confidare in Dio e non aver timore di nessuna prova che il Signore gli chiedesse di affrontrare, perché gli avrebbe anche dato la forza necessaria.

Quando partì per tornare a Roma, lo accompagnai fino a Tivoli e fu l'ultima volta che ebbi con lui un contatto tanto intenso, anzi ebbi ben poche occasioni di vederlo ancora.

Alla fine di ottobre del 1825, mentre ero diretto a Montecassino per alcune ricerche bibliografiche, sostai per qualche giorno nel convento di S. Paolo fuori le mura a Roma.

Proprio il giorno del mio arrivo l'Abate diede in Capitolo la notizia dell'arresto di due Carbonari:

"Fratelli, vi do una buona notizia. Ieri sono stati arrestati e rinchiusi in Castel S. Angelo Leonida Montanari e Angelo Targhini, da tempo tenuti sotto controllo dalla polizia pontificia, con l'accusa di partecipazione ad associazione segreta sovversiva e di cospirazione contro lo Stato."

La notizia venne annunciata con molto sollievo come se fosse la tanto attesa soluzione dei problemi di ordine pubblico.

L'Abate, proseguendo nell'annuncio, fece anche capire che il governo era deciso a farne un caso esemplare affinché l'episodio contribuisse, con il timore della punizione, a mettere a tacere i tanti fermenti che in quegli anni serpeggiavano nello Stato della Chiesa (e nel resto degli stati italiani, aggiunsi io dentro di me).

Non potevo impedirmi di avere un atteggiamento critico rispetto a tali posizioni. Infatti la restaurazione a Napoli ed in Piemonte seguita ai moti del 1820 e 1821 aveva sì annullato i cambiamenti strappati all'autorità dai rivoltosi, ma le tante condanne e le tante fughe all'estero avevano lasciato una piaga aperta, e non solo nei luoghi in cui erano avvenuti.

In altre parole, la repressione aveva in realtà conseguito l'effetto opposto a quello sperato dai restauratori, dando risonanza alle idee propugnate dai rivoltosi anche nei luoghi dove non erano avvenute sommosse di alcun tipo.

Nello Stato Pontificio, infatti non si erano avuti movimenti importanti, ma dei fatti di Napoli e del Piemonte si era parlato molto, soprattutto per commentare la crudele severità delle condanne pronunciate dalla restaurazione. Questo nella mia opinione era il seme di sommovimenti futuri anche nello Stato della Chiesa.

Descrivere i fatti nel modo con cui aveva fatto l'Abate era come considerare completamente immotivate le rivolte e le cospirazioni, ma purtroppo l'atteggiamento dell'Abate, era lo stesso di coloro che invece avevano il potere e la responsabilità di decidere gli indirizzi politici. Inoltre la cosiddetta giustizia era strumento completamente nelle loro mani.

Invece di cercare di capire l'evoluzione delle idee e concedere le cose giuste, le autorità responsabili chiudevano gli occhi e fingevano di credere che con il pugno di ferro avrebbero potuto portare indietro l'orologio dell'evoluzione del pensiero.

Cercare di fermare le idee liberali che ormai si andavano affermando in tutta l'Europa, ai miei occhi era come pensare di poter fermare con le mani la piena di un fiume.

Anche nello Stato Pontificio la situazione era tutt'altro che tranquilla. Io personalmente fino a quel momento, in obbedienza alla Regola che vietava di mormorare, mi ero tenuto in disparte e dall'epoca della mia professione avevo cercato di non pensare più ai miei dubbi, ma ad ogni arresto, ad ogni condanna mi domandavo se ero nel giusto a reprimere i miei sentimenti.

Francesco, il mio cugino ed amico d'infanzia, un tempo tanto rivoluzionario, uscito dal collegio *Dottore dell'una e dell'altra Legge*, come si usava dire alludendo al diritto civile ed a quello canonico, si era dato alla carriera di avvocato e poiché le sue amicizie nell'ambito del clero gli facevano molto comodo, pian piano si era appiattito sulla posizione dell'Autorità.

Niente più statuto, niente più unità d'Italia, ora pensava a costruire la sua carriera ed a proteggere la sua famiglia.

Riconosco che dentro di me lo avevo molto criticato, il suo atteggiamento era quasi un tradimento di se stesso. E da qualche anno di tanto in tanto, quando venivo a conoscenza di abusi, eccessi o storture più eclatanti del solito mi domandavo se anche io in fondo non avessi fatto la stessa cosa.

L'arresto di Montanari e Targhini fu una di queste occasioni, non tanto e non solo per l'arresto in sé, infatti io condividevo la loro fede nel Risorgimento ed il loro amore per la libertà, ma i due, per quello che ne sapevo, potevano anche essere colpevoli di aver commesso qualche azione realmente condannabile infrangendo la legge. Ciò che trovavo inaccettabile era il processo pilotato *per dare un esempio.*

Che giustizia era quella che assegnava a due malcapitati il compito di servire da esempio, fossero o no colpevoli?

Ma non volevo essere anche io a giudicare prima di sapere, pertanto mi limitai a sperare e pregare che le voci udite non fossero vere, che i due venissero sottoposti ad un processo serio e se la cavassero con una pena leggera. Certo sperare che fossero assolti e lasciati andare mi pareva troppo.

Avevo conosciuto a Subiaco più di un imputato trovato non solo innocente, ma addirittura estraneo ai fatti ascritti, che per il solo fatto di essere stato inquisito, veniva comunque mandato a risiedere in convento per un certo periodo di esercizi spirituali.

Purtroppo mentre ero ancora a Montecassino due mesi più tardi, seppi che i due erano stati giustiziati alla fine di novembre e proprio a Piazza del Popolo, dove io stesso avevo assistito da ragazzo ad un altro patibolo che mi aveva tanto impressionato.

La notizia dell'esecuzione fu ampiamente diffusa dal governo, in tutte le province dello Stato Pontificio dimostrando che effettivamente l'Autorità se ne voleva servire come esempio.

Questo fu l'episodio che mi indusse alla svolta nel comportamento personale. Sentii il dovere di non allontanare più a priori le riflessioni sulla giustezza o meno di certi principi e certi giudizi che in fondo non riguardavano affatto la religione, ma il comportamento, e l'esistenza stessa, di una Chiesa-Stato.

Poiché rifiutavo il concetto che Chiesa e Stato potessero coincidere, era moralmente necessario che raggiungessi conclusioni mie, delle quali fossi convinto e me ne assumessi la responsabilità, trovando il coraggio di sostenerle.

Io mi sentivo, e mi sento ancora, profondamente religioso, ma anche amante di certe libertà civili che mi parvero, a suo tempo, così irrinunciabili da costringermi a passare la vita in povertà ed in esilio.

Cominciai quindi a riflettere, partendo dalla giustizia, anche su altri temi concernenti l'amministrazione dello stato.

Purtroppo non era facile trovare scritti su questi argomenti che non fossero quelli consentiti dalla gerarchia ecclesiastica. Cominciai quindi a parlarne con altri monaci della mia età e, quando mi capitava, ascoltavo anche le opinioni ed eventualmente gli sfoghi di secolari che avevo occasione di incontrare. A questo scopo erano preziose le mie visite in famiglia in quanto avevo l'opportunità di vivere ed alloggiare qualche giorno fuori del convento.

Non ero il solo, come scoprii presto, ad avere idee poco ortodosse sullo stato e la pubblica amministrazione nella cerchia dei confratelli. Poco a poco cominciammo a conoscerci ed a confidarci le informazioni raccolte e le nostre opinioni e idee.

Qualcuno di noi era titubante, temeva troppo le conseguenze personali di certe prese di posizione oppure temeva di danneggiare la Chiesa. Qualche altro, come me, pensava invece che una svolta drastica fosse necessaria per il bene stesso della Chiesa.

Anche se devo ammettere che questi nostri colloqui a rigore erano già fuori della Regola, a nostra giustificazione ricordo come questi problemi all'epoca fossero al centro di grandi dibattiti da cui i nostri animi erano profondamente e senza rimedio infiammati.

Credevo molto importante ascoltare le opinioni della popolazione secolare in tutti gli strati sociali per comprendere la situazione come era nella realtà, dietro alla facciata ufficiale.

Perché dei secolari si confidassero con me, malgrado il mio abito, era necessario che io per primo portassi allo scoperto la mia posizione, e questo cominciai a fare, sicché pian piano si seppe in giro che io non ero tanto allineato.

Naturalmente questo non sfuggì ai miei superiori e cominciò a procurarmi qualche rimprovero e punizione.

La Regola prevede con molta minuzia tutta una gradualità di punizioni per le *colpe dei monaci*. Queste punizioni vanno dal rimprovero segreto all'espulsione passando per diversi gradi di scomunica e per la battitura con verghe.

E così quando, per le mie idee politiche, i superiori cominciarono a ritenere che fossi colpevole, cominciai a salire questa scala. E questa scala è molto insidiosa portando essa stessa ad altre *colpe*. Infatti l'essere un *mormoratore* e non *ammettere l'errore* sono ulteriori colpe.

Mi pareva opportuno che il Papa non fosse il capo di uno stato, non fosse un re. Non era quello il significato dell'espressione "Regno del Signore", ma anzi sarebbe stato opportuno che il Papa si mantenesse lontano dall'equivoco.

Quando gli Ebrei non avevano creduto che Gesù fosse l'atteso salvatore, l'equivoco era proprio questo, essi aspettavano un Re che riscattasse la sudditanza politica del loro popolo, non aspettavano un regno spirituale.

Oltre a queste questioni di principio, io andavo considerando che in fondo il vero cospiratore contro il potere temporale, e di conseguenza contro la Chiesa, era proprio il potere temporale stesso attraverso l'assenza assoluta di riforme atte a rettificare quello che lo Stato Pontificio era diventato.

La giustizia era strumento del potere e nessuna delle strutture statali era mai stata riformata per armonizzarla alle necessità e situazioni moderne.

Si mantenevano ostinatamente in vita abusi secolari, l'esclusione dei civili dagli impieghi pubblici portava alla mancanza di capacità specifiche nella Pubblica Amministrazione, uno studioso di teologia (e questo era nei casi migliori il funzionario pubblico) difficilmente possedeva le conoscenze necessarie ad un amministratore.

Inoltre tutti i giovani capaci e colti che non desideravano abbracciare la carriera ecclesiastica, non trovavano impiego soddisfacente nella società civile e di conseguenza andavano ad ingrossare le file degli scontenti.

Era quindi inevitabile che, nella situazione esistente, ogni conflitto con l'autorità diventasse un conflitto con la Chiesa.

Era così che io mi spiegavo il rifiuto dei Sacramenti fino al patibolo di Montanari e Targhini: per la questione di principio politica, erano spinti a rifiutare la religione, mentre dalla propaganda governativa questo rifiuto veniva mostrato come un ulteriore manifestazione di perversità dei due.

Ero nettamente contrario alla continuazione del potere temporale, ritenendo che questa istituzione avesse concluso da tempo la sua missione storica, e di conseguenza ne auspicavo la rinuncia spontanea da parte del Papa.

Una volta ammesso questo con me stesso, non avevo più nessun ostacolo ad andare oltre desiderando un governo di tipo liberale, costituzionale e nazionale italiano, che lasciasse alla Chiesa la cura delle anime, ed invece si preoccupasse di ben organizzare e amministrare la società civile, a cominciare dalla giustizia, l'educazione, i commerci, le arti e così via.

Con queste posizioni, di cui ormai io ed alcuni altri giovani Monaci non facevamo più mistero cominciarono i problemi sempre più seri e le mie tribolazioni sempre più gravi.

Dopo qualche settimana dal mio rientro da Montecassino, l'Abate mi chiamò nel suo ufficio:

–"Entra Don Benedetto."

L'Abate tacque qualche secondo, ma la tensione era evidente e dal suo atteggiamento si avvertiva chiaramente la sua collera.

–"Ti ho fatto chiamare perché sono molto deluso da te, ho il dovere di rimproverarti per le gravi colpe che hai commesso e che continui a commettere contravvenendo a molte delle nostre regole.
Mi è stato riferito che non osservi la regola del silenzio, che vai mormorando con altri a proposito di certe idee rivoluzionarie che ti affanni a propagare.
Ti ricordo che la Regola dice che se *per l'amor del silenzio bisogna evitare anche discorsi onesti, quanto più per la pena del peccato bisogna troncare discorsi sconvenienti.* E che ci può essere di più sconveniente dei tuoi discorsi contro l'autorità del nostro Santo Padre?
Quindi tu non solo non rispetti il silenzio, ma cerchi di convincere i tuoi confratelli delle tue idee del tutto opposte a quelle che dovrebbe avere un buon cristiano, figuriamoci poi un monaco.
E ancora ti ricordo le norme dettate dalla Regola per i monaci che si allontanano in viaggio: *nessuno di essi ardisca riferire ad altri ciò che abbia visto o udito fuori del monastero, perché sarebbe una rovina completa. Se qualcuno lo osasse sia sottoposto alla penitenza della Regola.*"

Io avevo taciuto fino a quel momento per non farmi incolpare anche di mancanza di umiltà. Alla pausa che l'Abate fece a questo punto, invece di accettare il rimprovero e dichiararmi pentito come lui si aspettava, non potei trattenermi dal cercare di di spiegare che le mie idee non erano contro il Papa e la Chiesa:

–"Reverendo Padre, riconosco di aver infranto il silenzio, ma vorrei chiarire che le mie idee non sono contro la Chiesa ..."

–"Silenzio Don Benedetto, silenzio. Ricorda l'umiltà a cui sono tenuti i discepoli: *parlare e insegnare spetta al maestro, tacere e ascoltare al discepolo.*
Non ti ho chiamato qui per sentire le tue opinioni, ma per farti un rimprovero in segreto come previsto dalla Regola per le colpe dei monaci.
La via maestra che hai avanti a te è quella del pentimento e non quella della superbia.
Tu sei un giovane studioso e colto e certamente conosci benissimo la Regola. Ricorda che se non seguirai la via che ti ho indicato andrai incontro alla scomunica.
Va ora, rifletti e mi aspetto che tu venga presto da me in privato a chiedere perdono per il passato, che ti impegni a seguire di nuovo la Regola per il futuro e che pubblicamente ti penta delle idee scorrette che hai diffuso fra i tuoi confratelli."

–"Reverendo Padre, riconosco le mie colpe nei confronti della Regola. Ho infranto spesso la prescrizione del silenzio, ho anche talvolta raccontato di eventi a cui avevo assistito e di idee ascoltate all'esterno durante i miei viaggi.
Mi sento di promettere che per il futuro non ripeterò gli stessi errori, ma mi è impossibile cambiare le mie opinioni politiche che considero del tutto separate dal mio sentimento religioso.

Se affermassi il contrario mentirei e non credo che questo sia quanto Voi mi chiedete di fare."

L'Abate visibilmente incollerito, non aggiunse altro e mi congedò bruscamente.

Dopo questo colloquio, la tensione rimase altissima, infatti pochi giorni dopo io e gli altri fummo pubblicamente rimproverati in Capitolo e fu un evento molto sgradevole.

Fummo infatti messi alla berlina come peccatori incalliti, incapaci di pentimento, nemici della Chiesa e della Religione ed altro, senza nessuna possibilità di replicare o cercare di spiegare.

Si trattava infatti, al solito, non di un dibattito, ma di un "rimprovero pubblico" esattamente come previsto dalla Regola come passo successivo al rimprovero segreto e ben sapevo purtroppo a cosa questo precludeva se non avessimo ritrattato le nostre idee e riconosciuto le nostre colpe pubblicamente nel Coro.

Era ormai l'estate del 1830 e giunse la notizia della nuova rivoluzione in Francia.

Malgrado non godessi più della libertà di prima, venni comunque a sapere che Luigi Filippo, salito al trono, aveva più volte affermato il principio del non intervento in contrasto con le tesi della Santa Alleanza, e molte speranze si riaccesero.

A noi monaci *ribelli,* che malgrado tutto riuscivamo a comunicare a proposito di questi eventi, sembrava che i tempi stessero maturando e salutammo con gioia la proclamazione dell'indipendenza del Belgio dall'Olanda contro l'unificazione che era stata stabilita dal Congresso di Vienna.

Noi ci aspettavamo che, se fosse avvenuta la trasformazione in senso liberale dei governi di tutta Europa, compreso quello Pontificio, non saremmo più stati considerati tanto colpevoli.

Invece successe che più le idee liberali sembravano affermarsi e prevalere all'esterno, e più all'interno la repressione contro di noi si faceva crudele e stringente.

In effetti le stesse notizie che davano speranza a noi portavano timori all'autorità che agiva immediatamente con maggior fermezza nei confronti di coloro che considerava suoi nemici.

Fra questi nemici fummo certamente annoverati noi, infatti prima fummo costretti a prendere i pasti solitariamente dopo che gli altri monaci avevano finito e lasciato il refettorio, poi fummo sospesi dalle funzioni religiose nel Coro.

Questo significava, secondo la regola, che per manifestare il nostro pentimento avremmo dovuto rimanere fuori del Coro stesi in terra con il viso sul pavimento fino a quando gli altri monaci ne fossero usciti sfilando in silenzio accanto a noi.

Solo a questo punto l'Abate, se fosse stato convinto della

nostra sincerità, avrebbe potuto darci il perdono e riammetterci nella comunità.

Nel frattempo nella vicenda del Belgio, effettivamente la Santa Alleanza non intervenne ed il comitato centrale del governo provvisorio della nuova nazione a Bruxelles, all'inizio del successivo Ottobre, emise tranquillamente un semplicissimo comunicato di tre soli articoli che diceva tutto il necessario:

- indipendenza del Belgio,
- impegno per il progetto della nuova costituzione,
- convocazione di un congresso nazionale.

Poi in Italia si succedettero in pochi mesi eventi memorabili. Si sapeva che stava per scoppiare una sollevazione popolare a Modena ma questa si estinse sul nascere per l'inaspettato arresto di Ciro Menotti che ne era l'anima.

Noi monaci dissidenti avremmo invece volentieri partecipato ai moti che ebbero luogo a Bologna, la quale, al contrario di Modena, si sollevò effettivamente in armi contro lo Stato Pontificio e addirittura fu proclamato decaduto il Potere Temporale.

Arrivò fortunosamente nelle mie mani la copia della dichiarazione emessa dal comitato rivoluzionario, di cui ancora ricordo a memoria il primo articolo:

> *"Il Dominio Temporale che il Romano Pontefice esercitava sopra questa Città e Provincia, è cessato di fatto, e per sempre di diritto.*

8 febbraio 1831
Dato dal Pubblico Palazzo di Bologna."

Stentavo a crederlo, i miei sogni stavano per trasformarsi in realtà. Io per la verità avevo auspicato una rinuncia del papa promulgata spontaneamente e pacificamente, ma se questo non avveniva, mi pareva opportuna anche una rinuncia strappata con la forza.

E tutto questo nell'interesse stesso della Chiesa, per evitare che tutti gli avversari politici del governo diventassero nemici della Chiesa.

La situazione militare era molto grave e mentre il Segretario di Stato cercava di procurarsi truppe mercenarie temendo concretamente una sommossa a Roma, l'Austria offrì al Papa di rifugiarsi a Venezia.

Gli eventi successivi presero al contrario un corso differente da quello auspicato, l'Austria intervenne militarmente a Bologna e l'appoggio francese, su cui i Bolognesi avevano fatto conto, invece mancò e fu dato il via alla restaurazione.

Ma di questo mi resi conto successivamente, infatti le mie vicende personali avevano avuto una improvvisa svolta drammatica già dalla metà di ottobre 1830.

La sera del 15 ottobre alle 10 fui svegliato dall'ingresso nella mia cella dei Carabinieri Pontifici accompagnati dall'Abate.

I Carabinieri effettuarono un'accurata perquisizione e rinvennero una copia del volantino con la dichiarazione di indipendenza del Belgio.

Fui di conseguenza immediatamente arrestato e, se non fossi stato un monaco, sarei stato portato subito a Roma e rinchiuso in Castel S. Angelo come il tenente dei Carabinieri voleva fare.

L'Abate, per cercare di non dare troppa pubblicità allo scandalo si prese l'impegno di garantire la mia detenzione nella mia cella nel convento di S. Scolastica fino a che il tribunale non avesse preso le opportune decisioni a mio carico.

L'indomani l'Abate scrisse una lettera alla Suprema Segreteria di Stato sostenendo la necessità che dalla Capitale venisse inviato a Subiaco un Giudice Processante a redigere il processo contro *vari individui raccolti in unioni sospette, che perturbavano la tranquillità pubblica e forsi anche macchinavano contro il Governo nelle loro non ben conosciute congreghe.*

La nostra descrizione era certamente fantastica, ma la Segreteria di Stato, forse a motivo della situazione politica e dell'ordine pubblico del tutto fuori controllo, la prese sul serio ed effettivamente mandò un giudice incaricato del processo.

Questo personaggio si concertò subito con i nostri accusatori in tutto e per tutto. Incontrò alcune decine di testimoni e delatori e poi con il suo voluminoso fascicolo del processo se ne tornò a Roma presso il Tribunale del Governo.

Noi eravamo stati solo brevemente interrogati ed avevamo

dovuto rispondere a qualche domanda, senza la possibilità di fare alcuna dichiarazione.

Il tempo passava senza notizie ed io ingenuamente cominciavo a sperare che, nel clima quasi di panico che regnava negli ambienti governativi romani in piena crisi, il nostro processo fosse stato dimenticato e le sue conseguenze con esso.

Invece una mattina di marzo io e gli altri monaci *pericolosi* fummo bruscamente informati che il Tribunale del Governo aveva esaminato il nostro processo e che ci aveva riconosciuto colpevoli, pertanto eravamo stati condannati.

Colpevoli di cosa e quale fosse la condanna non ci fu spiegato come se non fosse affar nostro, ma la sera stessa fummo prelevati dai Carabinieri Pontifici e caricati in manette con un piccolo bagaglio su una diligenza che arrivò da Roma e ripartì subito di gran carriera diretta verso nord.

I miei superiori non mancarono comunque di informarmi che la lunga malattia di mio padre era giunta alla temuta conclusione proprio in quei giorni, negandomi ovviamente la possibilità di andare a vederlo.

3 La fuga

Eravamo cinque giovani monaci in quella maledetta diligenza. Tre venivamo dal convento di Subiaco, e due dalla Basilica di S. Paolo a Roma.

La diligenza, scortata dai Carabinieri Pontifici viaggiava quasi sempre di notte e sostava di giorno in qualche convento isolato ed i conventi isolati non mancavano di certo.

A causa di queste modalità, il viaggio durò circa quindici giorni e non riuscivamo a capire dove fossimo diretti. Infatti la diligenza si dirigeva verso nord e quando affrontò la salita verso i valichi dell'appennino, cercammo di capire perché mai ci portassero a Bologna.

Infatti Bologna non era la nostra meta e la diligenza proseguì superando successivamente Modena, Parma, Piacenza e Pavia.

Quando anziché a Milano arrivammo a Vercelli, dovemmo rassegnarci all'evidenza: stavamo andando al S. Bernardo.

Sapevamo che il convento degli Agostiniani sul passo del Gran S. Bernardo era un luogo dove talvolta erano stati deportati monaci da punire e devo dire che era molto temuto.

La vita era molto dura lassù, non perché la regola agostiniana fosse più dura della nostra, ma per il clima rigidissimo dei 2500 metri, la pesantezza dei lavori da svolgere ed il grandissimo isolamento.

Quando alla fine del lungo e tormentoso viaggio, arrivammo al convento, malgrado la primavera inoltrata, faceva molto freddo e la neve era ancora abbondante nelle vicinanze.

Ora eravamo certi di cosa ci aspettava.

Subito ci vennero assegnati una cella ed un lavoro, che nel mio caso consisteva nell'assistenza ai viaggiatori che, transitando per il Passo del Gran S. Bernardo si fermavano al convento, più l'incarico di approvvigionare il necessario ritirandolo e trasportandolo dagli orti, dalle stalle e dai magazzini.

Poiché era la buona stagione, il transito di viaggiatori era notevole e di conseguenza il tempo non impiegato nelle funzioni religiose o nel sonno era completamente dedicato al lavoro.

Non avevamo alcuna possibilità di parlare fra noi ne' di informarci degli eventi esterni soffermandoci a conversare con i viaggiatori.

Questo fu un periodo tristissimo. Alla pena della perdita di mio padre, pena alla quale ogni uomo deve necessariamente rassegnarsi, si aggiungeva il rammarico di non essere potuto andare a vederlo.

Inoltre soffrivo per l'ingiusta espulsione dal convento e dalla vita che avevo scelto. Avevo perso quella che era stata la mia seconda famiglia ed avevo la certezza che a quest'ultima perdita non mi sarei mai rassegnato.

L'incertezza del futuro, il lavoro pesantissimo, l'atmosfera cupa e ostile che circondava noi monaci in punizione e non da ultimo l'estrema solitudine stavano fiaccando il mio animo.

La forza per resistere mi veniva solo dalla coscienza tranquilla e dalla consapevolezza che esattamente questo era l'obiettivo dei miei persecutori: vincere la mia resistenza.

Ero tenuto in una posizione difficilissima a tempo indeterminato senza altra via d'uscita che la capitolazione avanti ai miei persecutori.

Ma io non potevo assolutamente ammettere colpe che non sentivo tali e "*pentirmi*" solo per paura e per il desiderio di riguadagnare una vita più comoda, d'altra parte ero cosciente che neanche era possibile resistere a lungo in quella situazione.

Non riuscivo a vedere una via di uscita dalla trappola in cui ero stato messo. Non sapevo cosa potevo fare ma certamente, qualsiasi cosa fosse, andava fatta prima dell'arrivo del terribile inverno di quei luoghi. D'inverno certamente l'isolamento sarebbe stato totale per mesi.

Verso la fine di aprile si fermò al convento per pernottare un viaggiatore che mi disse:

–"Sono nei guai fratello, sono un commerciante di bestiame e sto portando in Liguria una piccola mandria di mucche con i vitelli.
Il mio uomo che guida il carro con i buoi sta male. Non può proseguire il viaggio. Devo lasciarlo qui in attesa che si riprenda."

–"Mi dispiace per lui, signore, ma non ci sono problemi. Nella nostra foresteria potrà riposare e guarire. I nostri monaci sono attrezzati per il ricovero di malati, hanno anche un medico."

–"Questo lo so, non è la prima volta che passo. Il problema è che avevo con me solo due uomini e con uno solo non posso proseguire, ho bisogno di sostituire il malato.
Ne sto parlando in giro perché la mia speranza è di reclutare qualcuno qui nei dintorni, magari qualche viaggiatore diretto al sud e che voglia guadagnarsi qualche cosa lavorando per me durante il viaggio."

Questa era la mia occasione. Dovevo afferrarla o non me lo sarei mai perdonato. Mascherando la mia emozione, mi imposi di apparire calmo e indifferente riflettendo invece rapidamente.

Per non essere scoperto dovevo essere prudente, e non ingenuo come ero stato a Subiaco.

Non dovevo fidarmi di nessuno, chiunque poteva essere una spia. Ma dovevo anche cogliere l'opportunità con la massima rapidità ed astuzia di cui ero capace.

L'uomo aveva detto che era passato altre volte e quindi

poteva conoscere qualcuno nel convento fra i monaci o fra i lavoranti, non era quindi il caso di confidarsi con lui. La sera avanti al fuoco con un boccale di vino di troppo, avrebbe potuto parlare con la persona sbagliata e bruciare la mia possibilità.

Fingendo quindi una semplice sollecitudine verso un ospite in difficoltà dissi:

–"Chiederò agli altri viaggiatori se qualcuno è interessato e più tardi vi farò sapere.
State tranquillo, che in qualche modo vi farò ripartire. Ho ben capito il vostro problema."

Dopo un'ora circa tornai da lui:

–"Siete fortunato, c'è un contadino che ora è qui in montagna per il pascolo il quale desiderava da tempo andare a Genova a trovare il fratello che non vede da anni. Non potrete vederlo questa sera perché si sta organizzando per farsi sostituire con il bestiame.
Sarà da voi all'alba al recinto dove avete lasciato le vostre mucche. Non chiede molto, si contenterà del vitto e di quello che avreste dato al vostro uomo se non si fosse ammalato."

–"Vi sono grato fratello, se non fossi partito domani mattina mi sarebbe costato molto di più. Spero che il vostro raccomandato sia persona affidabile e si presenti puntuale."

–"State tranquillo, conosco bene il desiderio di entrambi di partire. All'alba come promesso sarà da voi, al recinto del bestiame."

–"Benissimo, dite al vostro raccomandato che all'accampamento cerchi di me. Il mio nome è Mario."

Una volta tranquillizzato il mio interlocutore sulla soluzione del suo problema, sperando che non ne parlasse ad altri, mi dedicai al completamento della mia trama.

Andai a cercare uno dei lavoranti laici che salivano al monastero d'estate per i lavori stagionali. L'avevo notato perché era molto sveglio e sempre pronto a darsi da fare se c'era da guadagnare qualche cosa in più.

–"Giovanni, ho bisogno di un favore per un mio amico, ma dovete promettermi la massima discrezione, non dovrete parlare con nessuno di quanto vi rivelerò. E' molto importante, ne va del futuro e della vita stessa di una persona che si è affidata a me."

–"State tranquillo, Don Benedetto, Voi sapete che io ascolto molto perché più si sa e più si guadagna, ma parlo poco, perché meno si dice e meno si perde."

In un altro momento la sua risposta mi avrebbe divertito, ma allora ero troppo teso e preoccupato. Comunque il rischio di espormi con Giovanni dovevo inevitabilmente correrlo.

–"Mi fido di te e della tua discrezione, Giovanni. Vedrai che non ci rimetterai nell'affare che ti propongo.
Quel mio amico di cui parlavo è un monaco ed ha bisogno urgente di abiti civili. Non possiede denaro, ma ti offre in cambio questo orologio.
E' un oggetto di pregio, ma se non vorrai tenerlo, non avrai difficoltà a venderlo in città quando tornerai a valle"

E così lasciai l'orologio regalatomi da mio padre nelle voraci mani di Giovanni e ne ebbi in cambio di che vestirmi in abiti civili anche se non esattamente eleganti, e neanche decorosi, tuttavia perfetti per trasformarmi in un carrettiere del tutto verosimile.

La mattina successiva, dopo una notte trascorsa senza chiudere occhio, ma rivivendo più e più volte i passaggi salienti della mia vita, uscii dalla mia cella ostentando una tranquillità che non provavo.

Indossavo gli abiti da carrettiere sotto la tonaca e, perfettamente cosciente di essere sulla riva del mio Rubicone, invece di recarmi in chiesa, scivolai fuori non visto dalla porta delle cucine e mi diressi all'appuntamento presso il recinto del bestiame.

Quando arrivai al luogo dell'appuntamento, i preparativi per la partenza erano già in corso. Mario, il commerciante di bestiame, mi squadrò e dopo un attimo di incertezza, sorrise e con molto tatto fece finta di non avermi riconosciuto.

In fretta mi accompagnò al carro da buoi, mi fece vedere come attaccarli e staccarli e mi diede poche spiegazioni su come guidarli.

Naturalmente la mia buona volontà era massima, ma non avevo mai visto dei buoi tanto da vicino: mi apparirono enormi, se non fossero stati tanto mansueti la loro terribile forza sarebbe stata un enorme rischio. Io a malapena riuscivo a sollevare il pesante giogo di legno e posarlo sul loro collo.

Comunque ero deciso a superare la prova per sottrarmi alla *giustizia*, su questo non avevo dubbi.

Guidare il carro non risultò difficile, ma solo molto faticoso. Spesso nei tratti di strada tortuosi o stretti o con molta pendenza, dovevo scendere e camminare avanti ai buoi per guidarli ma era quasi un sollievo potermi sottrarre alla tortura del sedile del carro.

La nostra piccola carovana avanzava lentamente mantenendo il passo dei vitelli, dall'alba al tramonto. Facevamo qualche breve sosta durante il cammino per permettere alle mucche di brucare l'erba e di allattare i vitelli.

Al tramonto cercavamo un posto per passare la notte e, dopo aver dato il foraggio alle bestie, montavamo un piccolo campo e potevamo pensare finalmente a noi e mangiare un boccone.

Dopo tutto questo, mi stendevo sul carico di fieno che era sul carro e crollavo sfinito in un sonno pesantissimo avvolto nei miei panni da carrettiere.

Essere tanto occupato e stanco, fu certamente un bene. Mi impediva di pensare troppo all'incerto avvenire che mi si prospettava.

Ormai ogni ritorno era precluso l'unica possibilità che avevo era di andare avanti. Tanto valeva per il momento occuparsi interamente della sopravvivenza immediata cercando di svolgere bene il lavoro di carrettiere.

Dopo qualche giorno di questa vita allo stesso tempo faticosa e monotona persi completamente la nozione del tempo. Mi sembrava di non aver mai fatto altro in vita mia e che non avrei mai fatto altro.

Il passato ed il futuro erano solo vaghe intuizioni. Giorno dopo giorno esisteva solo un presente immobile, immutabile, sempre uguale fatto di cure agli animali da tiro, fatica di far procedere il carro senza problemi, risvegli all'alba e notti gelide sotto un telo di stoffa pesante rigido e freddo.

Dopo un tempo che non sono mai riuscito a valutare, raggiungemmo finalmente la meta del viaggio. Mi congedai da Mario che nel consegnarmi la paga si dimostrò tutto sommato abbastanza generoso.

Ora cominciava veramente la mia vita di fuggiasco.

Necessariamente dovevo, in qualche maniera, sostentarmi con un qualsiasi lavoro, anche il più umile, mentre riflettevo sulla mia vita naufragata e sul da farsi. Non avevo infatti quasi alcuna risorsa, ma dovevo pure fermarmi a riflettere e cercare di comprendere e valutare la mia situazione.

La condizione in cui mi trovavo, quella cioè di un fuggiasco ricercato dall'autorità della sua patria, mi era ovviamente nuova e non mi ero ancora abituato al concetto, stavo letteralmente vivendo un incubo.

Non riuscivo a comprendere come potessi essere io quel fuorilegge ricercato di cui sognavo ogni notte. Dovevo urgentemente capire di cosa avrei potuto vivere, quale fosse il Paese in cui questo mi sarebbe stato possibile ed in qual modo dovessi o potessi indirizzare la mia vita futura.

Il mio ritorno a Roma era certamente da escludere finché la dura regola Benedettina veniva applicata al mio caso anche in materia civile, cioè come al solito finché lo Stato coincideva con la Chiesa, perciò era anche necessario che decidessi se ed in che termini contattare la mia famiglia.

In altre parole dovevo prendermi il tempo necessario per decidere nel modo migliore cose fondamentali per il mio futuro.

Presi pertanto a girovagare per la città e nei dintorni del porto cercando qualche opportunità.

A Genova, a causa delle grandi pendenze e delle strade strettissime, al contrario che a Roma la maggior parte delle merci erano trasportate a dorso di mulo o più ancora sulle spalle dei facchini.

Salvo che in periferia, quasi non circolavano carri, se si eccettuano certi trabiccoli molto rustici e senza ruote, chiamati "*leze*", trascinati da asini e muli su e giù per gli strettissimi vicoli.

I facchini erano quindi tantissimi e percorrevano le viuzze meno strette camminando al centro dove una striscia di due o tre piedi era pavimentata a mattoni invece che a grandi lastre di pietra.

Sarò facchino, pensai quindi, cercherò chi organizza il loro lavoro e chiederò di lavorare. Ma il mio proposito si rivelò tutt'altro che facile.

A Genova infatti il facchinaggio era un monopolio molto antico e molto regolamentato. Addirittura l'articolo VIII del Regolamento del 2 Nevoso diceva testualmente:

> "*E' permesso a ciascheduno di trasportare da sé stesso i propri effetti ad eccezione di ciò che può riferirsi direttamente al commercio o alla provvista di botteghe e magazzini*".

Quindi ogni trasporto eseguito per scopi non strettamente personali, ma per motivi commerciali o per conto di altri a qualsiasi titolo era patrimonio comune delle compagnie dei facchini.

I facchini infatti erano riuniti in compagnie a numero chiuso, le quali erano attentissime a non lasciare entrare chi era fuori.

Il sistema delle compagnie di facchini era molto complesso. C'erano tre *Caravane* straniere: i bergamaschi del Portofranco, i Grassini di Domodossola, gli svizzeri della Caravana dell'olio.

Poi c'erano i facchini degli scali, quelli da grano, da vino e da carbone, i facchini delle corbette, i *camalletti nostrali* del Portofranco, i facchini da sale. Alcune compagnie erano praticamente esclusiviste del trasporto di un certo tipo di merce. Altre erano legate al luogo quali una piazza o uno scalo.

Io, spinto dal bisogno, cercai di esercitare il mestiere di facchino in modo abusivo, ma dovetti arrendermi avanti al fatto che la mia scarsa conoscenza della città ed il mio accento mi smascheravano immediatamente.

Quando cominciavo a disperare di trovare un modo di lavorare, venni avvicinato da uno sconosciuto che mi rivolse improvvisamente la parola.

– "Signore, vorrei parlarvi in privato, potete dedicarmi qualche minuto?"

Nel sentirmi interpellato da uno sconosciuto, che mi rivolgeva la parola in modo cortese sì, ma molto deciso, mi si gelò il sangue.

In un attimo ripresi coscienza della mia situazione.

Un tribunale della mia Patria mi aveva giudicato colpevole di un reato che lì era ritenuto gravissimo.

Ero stato condannato anche se non mi era stato chiarito bene a quale pena, e dal luogo di detenzione ero evaso eludendo le misure di polizia predisposte dal tribunale.

Ero espatriato clandestinamente ed infine, nello stato che

mi ospitava, avevo cercato di lavorare per mio conto infrangendo le leggi locali che lo proibivano.

Il fatto che tali leggi, palesemente ingiuste, avessero il solo scopo di perpetuare dei privilegi, non estingueva ovviamente avanti alle autorità il reato da me commesso.

La mia situazione era delicatissima, considerando anche che non disponevo assolutamente di alcuna risorsa. Se fossi stato accusato ed arrestato, non avrei proprio saputo come difendermi.

Cercai di valutare l'uomo che mi aveva interpellato:

Potrebbe essere una spia delle compagnie di facchinaggio che viene a minacciarmi o a denunciarmi.

Potrebbe essere un agente della polizia del Regno di Sardegna che viene ad arrestarmi.

Potrebbe essere un malintenzionato che ha scoperto la mia vulnerabilità e cerca di trarne profitto.

Potrebbe addirittura essere un agente inviato sulle mie tracce dal Tribunale del Governo con l'ordine di riportarmi al Gran Sasso o a Roma.

Dovessi finire a Castel S. Angelo o a Civitavecchia per essere evaso dal Gran Sasso?

Forse vale la pena che tenti la fuga sperando di correre abbastanza veloce.

Ma no, non devo comportarmi come un animale braccato, quest'uomo non ha un atteggiamento minaccioso, mi pare più un furbacchione che una persona pericolosa.

Sentiamo cosa vuole, la carta della fuga nei *carrugi* posso sempre tentarla se si mette male.

– "Certo, volentieri, di tempo ne ho anche troppo."

– "E' appunto di questo che desidero parlarvi, ho notato che avete fatto qualche piccolo trasporto di nascosto dalle compagnie. Questo è molto pericoloso ..."

– "Si, ho tentato ..."

– "Scusate, fatemi finire. Questo è molto pericoloso, dicevo, e non solo per i rigori della legge. Oltretutto non riuscirete mai a lavorare abbastanza da viverci, se non avete un posto fisso dove attendere i clienti.
Intendetemi, non vi sto minacciando. Io fra l'altro non sono facchino e quindi non mi sento danneggiato dal vostro lavoro abusivo.
Ho il solo intento di aiutarvi con la mia conoscenza della città, vedrete che me ne sarete grato."

– "Vedete signore, sono un fuggiasco politico, in fuga dalla sua patria ed ho bisogno di lavorare, non avendo nessun appoggio ne' conoscenza e tanto meno risorse, sarei grato a chiunque fosse in grado di aiutarmi."

– "Ascoltatemi allora, signore.
Conosco una povera donna, rimasta vedova ancora giovane con due figli da crescere. Il marito era facchino di piazza.
Questa donna, certa Maria Casaccia, ha ottenuto dalla compagnia di poter sostituire al lavoro il marito con una persona di sua fiducia.

Questa sostituzione non è proprio legale, ma rientra nelle usanze ed una volta accettata dalla compagnia non ci sono più rischi.

Cominciavo a comprendere dove il mio improvvisato amico voleva arrivare e la soluzione in principio era accettabile, ma rimaneva da valutare il costo e così completai io stesso la proposta."

– "Capisco, ma questa signora suo malgrado sarà costretta dal bisogno a chiedermi una piccola offerta spontanea a fronte del suo atto generoso, immagino."

– "Purtroppo è così, Maria è una brava donna, ma è povera, senza risorse ed anche lei deve pur vivere, ma io per parte mia non vi chiedo niente, non avrei il coraggio di guadagnare sulle disgrazie di una persona per bene come voi."

– "Cosa chiede Maria per questo favore?"

– "Maria non vorrebbe niente, vi ripeto che è una brava donna timorata di Dio, ma per sopravvivere con i figli ha bisogno di 30 centesimi al giorno."

L'esosità della richiesta era sbalorditiva, ma non mi trovavo in condizioni di rifiutare ed alla fine, dopo una serrata trattativa, che mi ripugnava ma a cui ero costretto dalla mancanza assoluta di qualsiasi risorsa, concludemmo l'affare con una stretta di mano per *soli* 24 centesimi al giorno.

Per la prima volta nella mia vita dovevo provvedere giorno per giorno alle necessità più basilari ed immediate della sopravvivenza quotidiana.

Cominciai così quel lavoro tanto duro, ma che mi permetteva durante le lunghe ore di solitaria fatica di pensare alla mia vita distrutta e di guardare dentro me stesso.

Pregavo molto in quel periodo, pregavo di ottenere il perdono divino, pregavo di potermi costruire un qualche tipo di futuro, pregavo in sostanza di avere una speranza.

Scrissi anche una lettera a mia madre, chiedendo finalmente notizie di mio padre e della sua malattia. Cercai anche di spiegare le mie ragioni.

Certamente la mia famiglia era stata informata della versione ufficiale dei fatti, che mi dipingeva come un ribelle ed un individuo dedito a pratiche sovversive, ed ora si aggiungeva anche la mia evasione che certamente sarebbe stata dipinta come una ulteriore ribellione.

Mia madre mi rispose inviandomi poche righe in cui mi confermava la morte di mio padre e mi rimproverava duramente. Per lei i concetti di libertà, di separazione fra Stato e Chiesa, di unità politica dell'Italia, non erano che *giacobinismi* blasfemi e imperdonabili.

Quella sarebbe stata l'ultima sua lettera a me indirizzata.

Un giorno mi capitò di portare i bagagli di un viaggiatore Francese, certo Monsieur Lamanne.

Questo signore non capiva assolutamente l'italiano, e mi fu molto grato per avergli dato in francese le informazioni che cercava poi, avendo accertato che comprendevo la sua lingua, diede il via ad una dettagliata illustrazione di sé e del suo viaggio.

– "Mio caro amico, come forse capirete dal mio accento, io vengo da Lione.
Sono un commerciante di tessuti di seta ed il mio lavoro da molti anni mi tiene completamente impegnato giorno dopo giorno.
Sono tempi difficili questi, di gravi sconvolgimenti sociali e di grandi cambiamenti del mercato in cui lavoro.
Bisogna essere sempre presenti e sempre pronti ad afferrare le buone occasioni quando capitano.
A Lione noi commercianti in seta siamo circa cinquecento e compriamo tutta la produzione di seimila laboratori in cui lavorano al telaio ben trentamila artigiani tessitori, i famosi "*canuts*" ed infatti nel linguaggio comune la gente ci chiama "produttori" della seta.
In questo momento gli affari sono molto rallentati ed ho deciso di prendere finalmente la fantastica vacanza in Italia che con mia moglie abbiamo sempre sognato.
L'abbiamo attesa tanto a lungo che oggi stiamo andando finalmente a S. Margherita Ligure con i nostri due figli ormai adolescenti!."

Io non avevo mai sentito nominare i *famosi canuts,* tuttavia non volli deludere il mio nuovo amico e tacqui, infatti il senso era chiaro ugualmente.

E così Monsieur Lamanne proseguì imperterrito:

–"Avrei voluto imparare l'italiano, mi sarebbe tanto piaciuto, ma come si fa con tanto lavoro?
Già mi pare di aver fatto un miracolo imparando a leggere ed a conoscere i classici latini. Sono la mia passione ed il mio unico svago.
Ascoltate:

> *Verani, omnibus e meis amicis*
> *antistans mihi milibus trecenti,*
> *venistine domum ad tuos penates*
> ..."

a questo punto, tradito dalla memoria, si bloccò un attimo ed io che avevo riconosciuto il carme sull'amicizia di Catullo suggerii:

> – *"fratresque unanimos anumque matrem?"*[1]

Anche io infatti lo conoscevo a memoria per averlo letto infinite volte. Ma naturalmente Monsieur Lamanne ne rimase sbalordito e volle sapere come mai un facchino conoscesse non solo il francese, ma anche il latino e la letteratura latina.

---

[1]

> Veranio mio, fra i tanti amici cari
> di gran lunga il più caro al tuo Catullo,
> di', sei tornato dunque al focolare,
> al dolce affetto dei fratelli unanimi,
> alla tua vecchia madre?

– "Ma signore, che Paese è mai l'Italia? Voi fate il facchino e conoscete benissimo il francese, conoscete il latino e recitate addirittura a memoria i classici. Di cosa saranno capaci i professori?"

– "La mia condizione infatti è strana.
Dovete sapere che ho compiuto gli studi con passione e buon profitto in un collegio dei Benedettini.
Poi per motivi politici, fondamentalmente per essere contrario al potere temporale del Papa, ho dovuto abbandonare la Patria, la famiglia ed ogni possibilità di sostentamento fuggendo all'estero.
Sono nel Regno di Sardegna, a Genova in particolare, solo da poco e sto per ora semplicemente cercando di sopravvivere. Questo è il mio primo approdo ed ho bisogno di una pausa di riflessione.
Devo capire quale Paese potrà darmi meglio asilo e devo riorganizzare la mia vita. E poi spero vivamente di riuscire a migliorare la mia posizione."

Così raccontai a questo signore quasi la verità, omettendo praticamente solo il fatto di essere un ex monaco espulso dal suo Ordine e dal convento.

In fondo mi faceva piacere parlare e sfogarmi con qualcuno raccontando quello che mi era accaduto. Ero completamente isolato e solo e mi stavo torturando rivivendo giorno e notte gli eventi trascorsi.

Stavo sperimentando direttamente quello che avevo sempre pensato, e cioè che descrivere a parole una situazione complessa aiuta molto a comprenderla meglio afferrando anche aspetti che fino a quel momento si erano solo vagamente intuiti.

L'uomo è un essere sociale che non riesce a vivere isolato, infatti il parlare delle mie disgrazie me le poneva in una prospettiva meno opprimente, anche se non cambiava di una virgola la situazione.

Monsieur Lamanne, era un brav'uomo, ed essendo francese voleva dimostrarmi la sua apertura mentale e la sua disponibilità ad aiutare i fuoriusciti politici e così quando arrivammo in albergo, nel salutarmi, si prese la rivincita e fu lui a sbalordire me: mi invitò a cena per quella sera.

Io fui felice di accettare, era il primo gesto di amicizia che ricevessi da molto tempo. E così dopo il lavoro mi detti l'aspetto migliore che il mio scarso guardaroba consentisse e mi presentai all'albergo con dei fiori per Madame Lamanne.

I due mi accolsero con molta cordialità, mi presentarono i loro figli, Marcel e Pierre, e dopo una breve chiacchierata, ci sedemmo a tavola.

Per la prima volta da mesi mi godetti una riunione fra amici rilassandomi e dimenticando per un'ora le mie angosce ed i miei problemi.

Parlammo dei sistemi politici allora esistenti in Europa, di cultura, degli autori classici, dei problemi inerenti l'educazione e la formazione dei giovani e di tante altre cose.

Scoprii che Monsieur e Madame Lamanne erano in sintonia con le mie principali opinioni su questi argomenti e li trovai persone molto piacevoli, inoltre mostrarono molto tatto nell'astenersi dal farmi troppe domande sulla mia condizione.

Terminata la cena Monsieur Lamanne mi pregò di accompagnarlo in giardino a fumare un sigaro. Io non fumavo più da quando ero entrato nel collegio dei Benedettini, ma lo accompagnai volentieri pensando di continuare la nostra piacevole conversazione.

E così il mio ospite riprese:

– "Mio caro signore, nel mio mestiere di commerciante se ho imparato una cosa è come capire e valutare le persone. La piacevole serata che abbiamo trascorso insieme mi ha detto di Voi più di quello che pensate."

– "Ma signore, non abbiamo quasi parlato di me!"

– "Vi prego, non stupitevi e lasciatemi finire. Ho visto in Voi una persona estremamente corretta ed onesta. Della vostra cultura non ho dubbi. Non vi offenderete certo se io vi considero sprecato se continuate a fare il facchino.
Mi ritengo fortunato ad aver fatto per puro caso la vostra conoscenza, ma, da uomo concreto quale sono, vengo subito al dunque.
Per tutta la vita mi sono rammaricato della mia poca cultura, ma gli impegni del lavoro mi hanno impedito di migliorarla.
Ora che i miei affari stanno andando bene, desidero fare un dono speciale ai miei figli prima che i compiti quotidiani della vita li prendano completamente come è successo a me; desidero regalare loro la cultura.
Pertanto caro signore, vi propongo di seguirmi a Lione come precettore dei miei figli a cui insegnerete quello che sapete e soprattutto insegnerete l'amore per il sapere ed i classici."

Naturalmente il mio sbalordimento per la proposta inattesa fu totale.

Dentro di me considerai rapidamente che la mia formazione e le mie aspirazioni non erano mai state precisamente quelle, io avevo da sempre desiderato di essere un monaco Benedettino e di fare vita in comunità con i miei confratelli, relativamente fuori del mondo secolare. Tuttavia nello stato in cui mi trovavo non ero in condizioni di rifiutare un'offerta tanto generosa, quanto inattesa.

Monsieur Lamanne, mi offriva un lavoro decoroso in un ambiente culturalmente vicino al mio e, particolare non trascurabile, di riparare in uno stato che era da considerare più sicuro del Regno di Sardegna, per quello che riguardava i rifugiati politici italiani, essendo estraneo al movimento risorgimentale che tanto mi coinvolgeva.

– "Monsieur Lamanne, con le vostre lodi mi mettete in imbarazzo, ma soprattutto mi lusingate con la vostra offerta. Naturalmente sarò felice di sostituire questo umile e faticoso lavoro con quello che mi prospettate in casa vostra.
Tuttavia desidero farvi comprendere come la maggior gioia mi venga non tanto dalla prospettiva di un lavoro più consono, quanto invece dal gesto di amicizia e di apprezzamento di cui voi e la vostra signore mi fate oggetto."

Il mio animo era tanto ferito dagli eventi e tanto inaridito dalla mancanza di contatti personali che quel gesto di amicizia mi colpì al punto di farmi commuovere e perdere la mia normale lucidità. Trascurai infatti completamente la precauzione di porre almeno qualche domanda sulle condizioni economiche che il mio ospite aveva in mente.

A questo punto rientrammo per dare la notizia a Madame Lamanne che era in attesa ed io mi congedai preparandomi ad andare in Francia quando, di lì a poco, la coppia dei miei amici francesi sarebbe rientrata a Lione.

Alla fine dell'estate del 1831 approdai quindi a Lione, nella casa del mio mecenate dove sarei rimasto quasi quattro anni, fino al giugno del 1835.

Monsieur Lamanne aveva una bella e grande casa nel centro della città, in un quartiere posto fra due fiumi, il Rodano e la Saona, nei pressi dell'antico ponte della Guillottière, a proposito del quale mi raccontavano che solo da una ventina d'anni era sparita la torretta con ponte levatoio che dai tempi di Luigi XII c'era nella parte centrale.

La casa, circondata e isolata da quelle vicine da un minuscolo giardino ben tenuto e con molti alberi, aveva un aspetto pretenzioso.

Nella parte anteriore una grande veranda imitava un tempio greco con tanto di timpano triangolare. era tutta bianca, ma gli spigoli erano sottolineati da un bordo grigio che delimitava le superfici con molta efficacia.

Questo tipo di architettura discordava notevolmente con l'ambiente, ma tutto sommato era gradevole a vedersi e non disturbava.

La mia nuova sistemazione mi consentiva di vivere in un modo più consono alle mie abitudini, anche se abitare in casa con estranei, benché amici, mi pesava un poco.

Mi accinsi quindi a svolgere i miei compiti dando ogni giorno lezione a Marcel e Pierre. I due ragazzi erano ben preparati in rapporto alla loro età, ed avendo fatto un viaggio in Italia, erano ben disposti ad apprendere la lingua, inoltre si appassionarono molto presto alla letteratura.

Lavorare con loro, non fu quindi difficile ed era certamente meno faticoso che trasportare merci e bagagli. I miei ospiti e datori di lavoro si comportavano da amici e questo per me era importantissimo, quasi più del modesto salario che mi davano.

Le mie necessità materiali, una volta risolto il problema di vitto e alloggio, erano estremamente modeste, ma invece avevo un disperato bisogno dell'amicizia dei miei simili e di qualcuno con cui condividere preoccupazioni, speranze e progetti, e non solo della frequentazione di estranei coi quali al massimo scambiare opinioni.

Le mie giornate presero presto un ritmo che rimase sempre uguale finché rimasi a Lione in casa Lamanne.

Durante la mattina Monsieur Lamanne, se non era in viaggio, era comunque occupato con i suoi commerci, Madame Lamanne se non era intenta ad aiutare il marito, si dedicava a dirigere la casa ed i ragazzi erano a scuola.

Avevo dunque molte ore libere durante le quali potevo pregare, e lo facevo molto e spesso sempre alla ricerca di una mia pace interiore che non trovavo mai.

Mi dedicavo anche molto alla mia passione, lo studio, e finalmente scoprii che in Francia ai giornali era consentito di occuparsi di politica e da quel momento ogni mattina ne leggevo avidamente molte pagine.

Con mia grande meraviglia alcuni di questi fogli si rivelarono addirittura palesemente di tendenza repubblicana, come *Le Précurseur, La Glaneuse* e *La Sentinelle*, accompagnati dall'altro invece legittimista: *Le Cri du Peuple.*

In casa Lamanne, a metà della giornata ci si sedeva a tavola tutti insieme per il rito di un pasto comune. Era esentato solo Monsieur Lamanne quando si trovava in viaggio.

Questo incontro quotidiano era giustamente considerato molto importante per rinsaldare i rapporti familiari e consentiva ai ragazzi di apprendere dai genitori e da me molte cose che esulavano dalle materie di studio.

Comprendo ora come fosse parimenti importante per me, regalandomi ogni giorno quel contatto umano di cui sentivo tanto il bisogno.

Il pomeriggio era impegnato completamente dal lavoro in compagnia dei miei allievi, per lo studio con loro della lingua e letteratura italiane.

Insegnare non mi piaceva molto, ma mi dava l'opportunità di rileggere i classici e questo sì mi piaceva.

Trascorrevo invece generalmente le serate in casa con i coniugi Lamanne ed eventualmente con i loro ospiti. In queste occasioni si parlava degli avvenimenti cittadini o degli eventi politici di tutta Europa.

Pensando ora a queste cose mi sembra che avrei dovuto apprezzare la tranquillità di cui tutto sommato godevo, ma allora ero ancora troppo sconvolto dal fresco ricordo degli eventi che avevano cambiato in modo drammatico il corso della mia vita.

Soffrivo anche molto per la fine di mio padre a cui non avevo potuto assistere e per il distacco da mia madre e dai miei fratelli e sorelle.

Tuttavia questo, se dal punto di vista privato fu un periodo di tranquillità che mi dava anche quella speranza di stabilità assolutamente necessaria per metabolizzare il completo sconvolgimento della mia esistenza, da un punto di vista sociale invece, e proprio a Lione, era un momento di grandi problemi e fermenti.

Si avvertiva in giro, e specialmente sulla collina *La Croix-Rousse* nel sobborgo omonimo dove erano insediate le manifatture della seta, molto fermento e malcontento fra la popolazione operaia che obiettivamente soffriva una grande povertà.

Per me questa grande concentrazione di operai dell'industria era una novità. Creava ovviamente situazioni che nella mia patria erano del tutto sconosciute.

Incuriosito cercai di capire questi meccanismi ed i problemi creati dall'adozione delle macchine nella fabbricazione dei prodotti commerciali.

Una delle mie fonti fu il settimanale "*L'echó de la fabrique*" che era l'espressione dei "*canuts*", i lavoratori della seta, il cui primo numero uscì poco dopo il mio arrivo a Lione, cioè giusto quando io cominciavo a percepire l'esistenza di crisi profonde ed a presagire importanti avvenimenti.

In sostanza, l'introduzione di telai meccanici per la tessitura della seta si era inserito in un quadro in cui questo settore era già in crisi.

Le migliaia di artigiani che avevano sempre lavorato in piccoli laboratori vendendo il prodotto a commercianti intermediari, fra i quali era il mio ospite ed amico, erano ora costretti dalla concorrenza dei telai meccanici a lasciare i laboratori che chiudevano e ad andare a lavorare in fabbrica divenendo operai salariati.

Questa scelta obbligata li stava ancor più impoverendo per la disponibilità di telai sempre più veloci. Da qui nasceva la contesa sulle tariffe minime che dovevano essere pagate. Gli operai chiedevano che tali tariffe fossero legate alla produzione e non al tempo.

Indotto dai continui disordini che tutti vedevano, il Prefetto organizzò una grande riunione che si tenne verso la metà di ottobre del 1831, sotto la presidenza dello stesso Prefetto assistito dal sindaco di Lione, dai sindaci dei sobborghi di La Croix-Rousse, di Vaise e di La Guillotière e da un rappresentante della camera di commercio.

Alla fine del mese sembrava che le trattative stessero per concludersi ed io stesso mi recai quel giorno presso il palazzo della prefettura verso le 12 di mattina, curioso di assistere ad un evento storico.

Dopo qualche ora, nel primo pomeriggio il cortile della prefettura fu aperto a tutti e tutti entrammo.

Il prefetto scese in mezzo alla folla annunciando la firma dell'accordo e lodando tutte le parti per la calma e la compostezza conservata, permettendo così di raggiungere un accordo storico. Il prefetto proseguiva poi con altre frasi grondanti di retorica, interrotto continuamente da grida del tipo: "*vive M. le préfet, vive notre père*".

Tuttavia alcuni dissidenti, a cui si aggiungevano volentieri operai di altri settori industriali, inscenarono una serie di manifestazioni nelle strade, al punto che dopo aver affisso manifesti che invitavano la popolazione a desistere dai disordini e dopo alcuni arresti, il prefetto indisse una riunione pubblica sulla piazza di La Croix-Rousse per l'inizio di novembre.

Invano. Dopo neanche due settimane, gli insorti alzarono barricate nelle strade ed in pratica si impadronirono della città, aiutati anche da 900 fantaccini della Guardia Nazionale che erano passati dalla loro parte. Nei disordini si contarono anche alcuni morti.

A questo punto lo stesso Re Luigi Filippo inviò il Duca d'Orleans, suo figlio ed erede al trono, ed il ministro della guerra con l'ordine di fare il necessario per disarmare gli insorti e ristabilire la calma.

Alla fine della prima settimana di dicembre la rivolta era stata soffocata, il Prefetto rimosso e sostituito dal Conte Gasparin ex ufficiale dei Dragoni durante l'Impero, la Guardia Nazionale sostituita dall'esercito e le tariffe concordate un mese prima abolite con un decreto del ministro della guerra.

Gli eventi drammatici a cui avevo assistito da vicino, direi quasi che li avevo vissuti, mi inducevano a molte riflessioni. Nella mia patria si discuteva e lottava per diritti che i francesi ormai davano per scontati e di cui usufruivano pienamente, ma questo non aveva portato alla fine delle lotte sociali, anzi pareva averle aggravate e rese più crude.

Era dunque questo un percorso senza fine? Il mio sogno di vivere un giorno in pace in uno stato giusto e tranquillo, era forse destinato a rimanere comunque solo un sogno? Cominciavo a temere di si.

I problemi sociali legati al passaggio dalla produzione artigianale dei beni alla produzione industriale degli stessi, mi erano nuovi e non sapevo dire se le richieste avanzate dagli operai della seta sarebbero state una buona soluzione, ma di una cosa ero certo: gli artigiani della seta, che storicamente erano sempre stati una classe abbastanza benestante, erano divenuti la classe povera degli operai della seta.

Ristabilire l'ordine semplicemente tentando di fermare la storia, come se il problema di sopravvivenza degli operai della seta, molto reale e concreto, potesse essere semplicemente cancellato con un decreto autoritario, era un po' come nascondere la spazzatura sotto al tappeto.

Questa strategia mi pareva somigliare molto a quella della restaurazione che puntualmente aveva seguito i moti rivoluzionari negli stati italiani. Ottimo esempio era l'uscita di Bologna dallo stato pontificio e la successiva restaurazione.

In ogni caso il settore della seta continuava a soffrire la sua crisi che coinvolgeva anche i commercianti, come Monsieur Lamanne mi aveva accennato quando ci eravamo conosciuti a Genova.

Ora ero in grado di comprendere in cosa consisteva il rallentamento dei suoi affari: le fabbriche, al contrario dei piccoli laboratori non avevano bisogno di intermediari.

Di conseguenza cominciai a nutrire qualche preoccupazione per il mio impiego e pertanto una sera, ancora prima del Natale, introdussi l'argomento col mio ospite:

–"Monsieur Lamanne, vi prego di non offendervi, ma ho bisogno di scambiare con voi due parole chiarificatrici. Sono rimasto molto colpito dagli eventi a cui abbiamo assistito negli ultimi giorni"

–"Alludete forse alle povere vittime degli scontri armati fra gli insorti e l'esercito?"

–"Naturalmente sono costernato ed addolorato per le vittime e le loro famiglie, ma non di questo desideravo parlare.
E' evidente che qui a Lione si sta vivendo un dramma che deriva da alcune profonde trasformazioni della società che sono in corso in tutta Europa e che a mio parere non sono reversibili.
Intendo dire che bisognerà convivere colle nuove realtà e non è pensabile che le cose possano tornare indietro."

–"Amico mio, voi siete uno studioso ed io invece un uomo pratico, ma credo che su quanto dite siamo perfettamente d'accordo. Penso anche io che il mondo stia cambiando ad

una velocità a cui non siamo abituati.
Guardate il mio lavoro, mio padre, mio nonno ed il padre di mio nonno hanno lavorato tutta la vita commerciando stoffe di seta e l'hanno fatto sempre allo stesso modo. Io invece per la seconda volta sono costretto ad inventare un nuovo modo di fare i miei affari, cercando di anticipare le trasformazioni del mercato."

–"Avete colto perfettamente il senso della mia frase. Io mi stavo domandando se gli sconvolgimenti in corso, restringendo gli spazi della intermediazione commerciale in cui voi lavorate, non rischino di compromettere la vostra posizione economica. E sinceramente devo ammettere che la preoccupazione si allarga di conseguenza alla mia fonte di sostentamento."

–"Capisco che siate preoccupato, ma non mi fate onore esprimendo questo timore. Pensate forse che solo sei mesi fà io non avessi percepito come stavano cambiando le cose?
I sintomi erano già per me tutti evidenti. E devo dire, non senza soddisfazione, che già da molto tempo prima avevo preso le mie precauzioni.
Certamente voi comprendete che noi commercianti, per comprare tutti i tessuti di seta prodotti a Lione e dintorni in soli cinquecento, quanti eravamo, dovevamo essere ben solidi dal punto di vista finanziario, quindi non potevamo essere messi in difficoltà da crisi momentanee, ma potevamo, questo si, essere distrutti da cambiamenti drastici del mercato se non fossimo stati capaci di prevederli e modificare di conseguenza le nostre strategie.
Già da alcuni anni io ero spinto da queste considerazioni a cercare un differente impiego di quei miei investimenti che

potevo distrarre dal commercio della seta, e per fortuna ero in grado di farlo perché allora si guadagnava bene.
Poi nel 1825 il ministero delle Finanze decise di realizzare una linea ferroviaria moderna da Lione a Saint-Etienne.
L'anno successivo a giugno, con ordinanza reale, fu indetta una gara pubblica e la costruzione fu assegnata alla *Compagnia della Ferrovia da Saint-Etienne a Lione* che si costituì in quell'anno.
Malgrado le molte voci contrarie ad un'opera così avveniristica e quindi di esito incerto, io ho avuto l'intuizione ed il coraggio di essere fra i suoi azionisti.
I lavori cominciarono subito, nel settembre successivo, ma ci furono enormi ostacoli e non solo tecnici.
La gente era contraria e si opponeva alla realizzazione di opere del tutto innovative come i trafori, nessuno voleva essere con le sue terre vicino al percorso delle locomotive a vapore e così via, ma con la tenacia e i grandi investimenti siamo quasi alla fine.
Avrete certamente visto il ponte *de la Mulatière* ed il tunnel *de la Mulatière* che ne è il proseguimento. Ebbene sono stati costruiti appositamente per portare i treni fino al centro di Lione. I primi treni li vedremo il prossimo anno."

Io rimasi sbalordito, avevo visto quelle opere in costruzione, ma ovviamente non sapevo che il mio amico ne fosse azionista, ed avevo anche letto nei giornali che altri due trafori erano stati scavati per questa ferrovia, ed erano anche molto più lunghi dei suoi 400 metri.

Avevo anche letto che un primo tratto era proficuamente in funzione fin dal 1827 da Saint-Etienne a Andrézieux, con grande soddisfazione dei coraggiosi azionisti.

–"Monsieur Lamanne, mi rallegro molto con voi per le vostre capacità ed il vostro coraggio, ma questo investimento anche se promettente per ora è solo un investimento. Voglio dire che la rendita verrà poi. Ma in questo momento come fate fronte al rallentamento del mercato della seta?"

–"Mio caro amico, come avete ben compreso, le nuove fabbriche non hanno bisogno di intermediari commerciali come i vecchi laboratori, ma gli investimenti che devono fare per installare un gran numero dei nuovi telai meccanici e rinnovarli spesso sono molto importanti.

Ed io anche lì ho investito fin dell'inizio della crisi, senza perdere tempo come altri miei colleghi ad illudermi che la produzione tornasse ai laboratori artigianali. Qualcuno di loro ancora ci spera e non potrà, alla fine, che andare in rovina."

Nella mia vita non avevo mai conosciuto una persona come lui, era talmente diverso da tutti coloro che formavano il mio ambiente d'origine!

Ripensavo a mio padre, uno studioso ed un professionista apprezzatissimo, ma completamente disattento nei riguardi delle sue finanze. E mia madre che si occupava di conseguenza della finanza di famiglia, aveva una mentalità diversissima. Per lei ammettere che avvenissero cambiamenti nella società era cosa quasi impossibile.

Anche al di fuori della mia famiglia in effetti in tutta la società romana non esistevano ne' potevano esistere personaggi del genere. Una classe mercantile era del tutto inesistente, come non esisteva ancora un'industria manifatturiera.

Tanto più ora che lo vedevo dall'esterno, lo Stato della

Chiesa mi appariva come una società fuori dei tempi.

Dopo questo colloquio ero più tranquillo per la mia sussistenza immediata e cercai di dedicarmi con serenità al mio lavoro di insegnante, e devo dire che Marcel e Pierre mi davano qualche soddisfazione.

La mia curiosità per le cose nuove mi spinse a seguire dai giornali e, quando potevo, di persona l'entrata in servizio della ferrovia. C'erano voluti quattro anni per costruirla e ce ne vollero ancora due per vincere le resistenze della popolazione e soprattutto dei concorrenti, vale a dire dei trasportatori tradizionali.

Per molti mesi infatti, sia per le merci che per i passeggeri, si impiegò la trazione a cavalli in salita poi i cavalli erano caricati sul treno in discesa, e furono utililizzati i diversi tronchi separatamente e poi solo ad aprile 1833 finalmente tutta la linea fu posta in esercizio, permettendo di andare da Lione a Saint-Etienne in circa due ore e mezzo anziché in una intera giornata di viaggio.

A questi eventi seguì un periodo di apparente calma, finché all'inizio della primavera del 1834, come io avevo previsto e temevo, quanto covava sotto la cenere esplose nuovamente in violente sommosse.

Le difficoltà dei lavoratori della seta, dei titolari dei laboratori e degli stessi commercianti del settore, perduravano ed il ricordo della dura repressione di tre anni prima era ancora una piaga aperta quando cominciarono a circolare nascostamente volantini anonimi.

Il contenuto di questi stava inoltre dando una svolta radicale e politica alla contestazione originariamente solo economica attaccando il governo per la nomina a posizioni molto "lucrative" di due personaggi invisi al popolo per aver proposto una legge contro le associazioni in discussione in quel momento alla Camera dei Pari.

I problemi cominciarono all'inizio di aprile con dei disordini violenti avanti al palazzo di giustizia dove era in corso un processo penale e proseguirono nei giorni successivi con l'occupazione di alcuni quartieri, fra cui la Guillotière in cui abitava la famiglia Lamanne ed io con essa, e l'immancabile famosa Croix-Rousse.

Il giorno 9 durante la mattina, mi trovavo negli uffici della prefettura per alcune pratiche, quando si cominciarono a sentire grida e rumore di spari.

Feci fatica a comprendere di che si trattava infatti i presenti non si allarmavano come se si trattasse di qualcosa di consueto ed un mendicante che suonava il flauto all'esterno continuava imperterrito il suo concerto, ma poi si sparse la voce che gli insorti avevano circondato il palazzo con l'evidente intenzione di occuparlo.

I pochi gendarmi presenti all'interno, si affrettarono a chiudere le porte e rimasero a spiare la via da alcune feritoie.

Dopo circa un'ora il clamore esterno non accennava a calmarsi ed anche gli spari si sentivano ancora, ma almeno il flauto del mendicante ormai taceva.

Gli impiegati ed i visitatori della prefettura, presenti all'interno, erano rimasti bloccati dalle porte sbarrate, ma i gendarmi lasciavano uscire chi lo desiderava socchiudendo una piccola porta ricavata in uno dei due grandi portoni principali.

Questi portoni, visti dall'esterno si trovavano su di una larga piattaforma alta circa due metri sul livello della strada, ed alla quale si accedeva attraverso una grande scala posta nella parte frontale della piattaforma, avanti all'edificio. Sui due fianchi la scala e la piattaforma non avevano alcun parapetto o ringhiera.

Avevo già avuto occasione di vedere cosa avveniva in questi casi, sarebbe intervenuto l'esercito al comando di qualche generale desideroso di mostrare quanto sapeva essere duro.

Io, temendo di rimanere bloccato nell'edificio per giorni, e magari alla fine di soccombere nella eventuale occupazione dello stesso, illudendomi di riuscire facilmente ad allontanarmi chiesi ai gendarmi di farmi uscire.

Venni esaudito senza problemi e, al segnale di quello che spiava verso l'esterno, il suo collega socchiuse per me la porticina ed io sgusciai fuori.

Passando dalla penombra pesante dell'androne affollato all'ambiente esterno, provai un grande sollievo e la scena che vidi si impresse per sempre nella mia mente.

Era una bella giornata primaverile con un sole gradevolmente caldo, l'aria calma mossa solo da una leggera brezza ed il cielo sereno ed azzurro mi riportò per un istante nella mia Roma che non vedevo da anni.

Ma poi mi guardai attorno e la gravità dell'errore commesso fu evidente. L'esercito era intervenuto a sostituire i gendarmi e mi trovavo improvvisamente indifeso al centro di una battaglia.

I soldati avevano creato una cintura intorno al palazzo respingendo i rivoltosi armati ad una distanza di forse 100 metri. Il fumo degli spari aleggiava nell'aria come una nebbiolina azzurrognola e semitrasparente spinta verso di me lungo la strada dal vento leggero e se ne avvertiva forte l'odore acre.

Sulla scala, sulla piattaforma e subito intorno si trovava forse un centinaio di manifestanti rimasti intrappolati all'interno dello schieramento dei soldati, non sembravano armati, ma l'agitazione era molta e non mi sarebbe piaciuto essere scambiato per un funzionario governativo.

I soldati nei confronti dei rivoltosi applicavano una tattica molto semplice: li minacciavano con le baionette e li assalivano colpendoli con i calci dei fucili restringendoli sulla scala e sulla piattaforma e poi improvvisamente si ritiravano. Ad ogni ritirata qualcuno alla spicciolata fuggiva via.

Io mi trovavo con le spalle al portone e, stretto nella calca, non riuscivo neanche a muovermi. Avendo compreso la situazione, bussai energicamente cercando di rientrare, ma i gendarmi non mi aprirono.

Quando finalmente alla successiva ritirata dei soldati la pressione diminuì consentendomi i movimenti, mi aprii a spintoni la strada, saltai giù dalla piattaforma e riuscii ad allontanarmi un po' zoppicante ed a superare anche la linea della sparatoria.

La zona era stata completamente presidiata dall'esercito in tutte le direzioni, ma i soldati che non lasciavano avvicinare nessuno, invece si disinteressavano di chi si allontanava.

I disordini durarono tutto il giorno e quello successivo e gli insorti addirittura occuparono la caserma del Bon-Pasteur uccidendone il colonnello comandante.

La dura repressione non si fece attendere ed il prefetto due giorni dopo, per dare un segnale di aver ripreso in mano la situazione, con un apposito decreto consentiva alle donne di tornare a circolare nelle strade.

Il giorno successivo oltre 190 operai ribelli rifugiati nelle chiese Saint-Nizier e Saint-Bonaventure vennero passati per le armi.

Di nuovo una calma apparente regnò nelle strade, ma nelle case si parlò ancora a lungo dei drammatici e luttuosi eventi. Noi tutti eravamo molto colpiti. Nelle vie del quartiere intorno alla nostra casa si erano svolte vere e proprie battaglie a cui avevamo assistito molto da vicino.

Il gran numero di morti, a cui si dovette aggiungerne oltre cento fra i militari, non era certo un prezzo accettabile da pagare per ristabilire una parvenza di ordine. Anche il mio amico Lamanne che, forse un po' cinicamente si era da tempo tirato fuori dai problemi finanziari dei mercanti della seta, era oltremodo commosso e addolorato.

Se c'erano dei momenti in cui maggiormente rimpiangevo di aver abbandonato la vita monastica per vivere nel mondo, erano certamente questi, ed in questa occasione misi al corrente il mio amico del mio ultimo segreto.

–"Monsieur Lamanne, perché comprendiate completamente la mia sofferenza nell'assistere ad avvenimenti tanto crudi di violenza, devo mettervi al corrente di qualche cosa che vi avevo sempre taciuto.
Il mio temperamento ed il mio animo mi avevano fatto scegliere di vivere in una comunità monastica. Ero entrato giovanissimo nella comunità Benedettina, facendo la mia professione nel Convento di Subiaco e devo dire che era proprio il tipo di vita che faceva per me.
Purtroppo però l'idea del Risorgimento italiano che amavo ed amo moltissimo, insieme alle idee liberali che attraversano tutta l'Europa, mi spinsero a criticare l'esistenza di uno Stato che coincideva con la Chiesa.
A seguito di questa mia posizione accaddero eventi indipen-

denti dalla mia volontà che mi posero in una situazione che non potevo accettare e quindi un giorno, pochi mesi prima del nostro incontro fuggii dal convento e riparai all'estero."

–"Mio caro Ludovico, sincerità per sincerità, devo confessarvi che l'avevo sempre sospettato. La vostra figura psicologica e la vostra storia personale non sarebbero state coerenti senza questa informazione.
Avevo quindi immaginato che non desideraste rivelarmi un particolare del genere ed ho sempre compreso le vostre motivazioni per tacerlo. Per questo motivo ho sempre rispettato il vostro desiderio di tener riservato qualche aspetto della vostra storia.
Mia moglie ed io vi avevamo accordato tanta stima e fiducia da affidarvi l'educazione dei nostri figli, non per il vostro passato, ma per come voi siete ora.
La vostra confidenza ora mi fa piacere per quello che è, un gesto di sincera amicizia."

Rimasi sorpreso dalle sue parole, ma anche sollevato. L'aver taciuto tanto a lungo il mio segreto con qualcuno che mi aveva sempre dimostrato grande amicizia in fondo mi aveva dato finora un po' di rimorso.

Ero contento di averne parlato anche per un altro motivo, era la prima volta che confidavo a qualcuno di essere un ex monaco espulso dal suo Ordine. Dovevo accettare l'idea di vivere con questa consapevolezza, e parlarne ad un amico era il primo passo in questa direzione.

–"Già che stiamo parlando di voi, amico mio, - riprese Monsieur Lamanne - desidero farvi sapere quanto mia moglie ed io vi siamo grati per il vostro ottimo lavoro con i nostri figli.

Siamo certi che domani saranno degli uomini migliori per merito vostro.
Tuttavia, per i genitori, i figli crescono con una velocità sbalorditiva ed in un attimo si fanno adulti. Ogni cosa ha un termine, purtroppo, e così mia moglie ed io abbiamo deciso che Marcel e Pierre dall'anno prossimo cominceranno a lavorare con me.
Devo avere il tempo di insegnar loro a muoversi nel mio difficile mondo degli affari e quindi desidero che comincino da giovani.
In quel momento, mio caro Ludovico, avrete purtroppo concluso il vostro compito. Dico purtroppo perché saremo tutti in po' più vecchi.
Per la nostra amicizia, e per la gratitudine che vi porto, io spero che mi permetterete di aiutarvi a trovare una nuova sistemazione, restando però inteso che rimarrete mio ospite fino a quando sarà necessario o lo desideriate."

Mi aspettavo questo discorso, naturalmente anche io vedevo che i miei allievi si facevano adulti e così risposi:

–"Monsieur Lamanne, avrei preso io l'argomento, sono d'accordo che i vostri figli ormai devono cominciare la loro strada.
Vi ringrazio per le vostre parole e per l'apprezzamento che mostrate per il mio lavoro. Certo io ho fatto del mio meglio, ma bisogna dare il giusto riconoscimento anche a Marcel e Pierre.
Sono stati due buoni allievi e non hanno sprecato il mio tempo ed i vostri denari.
Accetto volentieri la vostra offerta di aiutarmi a trovare un altro lavoro. La vostra rete di relazioni sarà uno strumento

prezioso. Quanto al rimanere come vostro ospite, al solito sono felice che me lo abbiate offerto, ma il mio desiderio è di non averne bisogno."

Monsieur Lamanne cominciò a parlare di me con i suoi clienti quando li incontrava od aveva uno scambio di corrispondenza e verso ottobre del 1834 mi fece conoscere un suo cliente Belga, certo Monsieur Charles Bonduelle che era per affari a Lione.

Questo signore appariva interessato ad un precettore per i figli, ma rimandò ogni decisione a quando ne avesse parlato con la moglie a Bruxelles. Avremmo proseguito eventualmente la trattativa per lettera.

Fra tutte le famiglie benestanti che contattammo, quelle che avevano pensato ad un precettore per i figli, lo avevano già e così, gradatamente, mi convinsi che non era una strada promettente. Tuttavia avevo appreso da Monsieur Bonduelle che per recarmi in Belgio avrei dovuto disporre di un passaporto.

Questo signore, pur essendo in contatto con Monsieur Lamanne per i loro consueti commerci, non aveva fatto più cenno alla mia proposta, quindi non credevo più a quella possibilità, ma pensando che fare un passaporto risiedendo all'estero poteva essere cosa lunga, e non volendo perdere eventuali occasioni, nel gennaio 1835 mi recai in prefettura ad iniziare la pratica.

Il funzionario mi spiegò che potevano farmi un passaporto valido per recarmi in Belgio transitando da Valenciennes solo dopo aver ricevuto dal Notaio Reale dell'ambasciata di Francia a Roma una dichiarazione fatta a lui da quattro testimoni che conoscevano me e la mia famiglia.

Tuttavia sia la richiesta che la trasmissione dei documenti dovevano essere effettuate per le vie ufficiali richiedendo di conseguenza un tempo imprevedibile.

Dopo aver comunicato al funzionario i nomi di quattro amici di mio padre, feci quindi la richiesta del passaporto e mi disposi ad attendere.

Il passaporto mi fu consegnato finalmente a giugno del 1835 ed ebbi anche modo di vedere la lettera del segretario di ambasciata, Monsieur D'Haussonville, che trasmetteva la dichiarazione giurata dei 4 amici di mio padre, inspiegabilmente stilata in inglese. La lettera era del 2 aprile 1835!

A questa data però avevo cambiato i miei piani. Avevo abbandonato l'idea di fare il precettore in Francia o Belgio ed invece, avendo incontrato nel corso degli anni alcuni esuli di molti paesi europei che in tempi diversi avevano soggiornato in Inghilterra, venivo facendo progetti diversi.

Avevo riconsiderato gli anni trascorsi dalla mia fuga. A parte i primi momenti drammatici ed il periodo di Genova estremamente avventuroso e precario, ma per fortuna breve, mi ero trovato abbastanza bene. Questo benessere tuttavia lo dovevo all'amicizia che si era affermata nei rapporti con i miei ospiti.

Se non fosse stato per questa fortuna avrei sofferto le pene riportate da tanti scrittori a cominciare da Dante: "*Come sa di sale lo pane altrui e come è duro calle lo scendere e il salir per l'altrui scale!*". In più ero molto curioso di Conoscere l'Inghilterra che mi era stata dipinta come la patria delle libertà democratiche.

Pareva anche che gli Inglesi fossero molto amanti della cultura italiana e non fosse difficile trovare allievi cui insegnare la nostra lingua e letteratura, spesso si potevano tenere conferenze e comunque si poteva scrivere per i moltissimi giornali che venivano pubblicati.

Ebbi quindi appena il tempo di intascare il passaporto per il Belgio, che portai con me per ricordo, e partii per l'Inghilterra con le mie poche cose al seguito ed animato dalla mia vecchia ansia di conoscere.

Di nuovo lasciavo un mondo noto ed al quale in qualche modo ero assuefatto per affrontare l'ignoto.

4 Una nuova vita

La traversata della Manica quel 12 Luglio 1835 durò poche ore, ma l'unica risorsa di cui disponevo per distrarmi dal mal di mare era il passaggio dai pensieri più cupi a quelli che accarezzavano la speranza di poter riorganizzare la mia vita e viverla, se non felice, almeno tranquillo ed al sicuro, sostentandomi col mio lavoro.

Ero ancora giovane e comprendo ora che non ero ancora vinto dalle avversità, ripercorrendo infatti i miei pensieri di allora, mi stupisco che non mi domandassi se un giorno avrei rifatto quella traversata in senso inverso diretto in patria.

Malgrado tutte le mie sofferenze per quanto avevo perduto, ogni mio pensiero in quei momenti era proiettato verso il futuro. Mi concentravo sulla mia vita da ricostruire e non dubitavo che, con l'aiuto di Dio, sarei riuscito a farlo.

Sapevo ben poco del Paese verso cui mi stavo dirigendo, ma la cosa che più mi interessava e che, quasi unica, ricordavo dai racconti di altri esuli incontrati in Francia era la possibilità di nascondere il mio passato di cui nessuno si sarebbe interessato in quel paese che veniva citato come la patria delle libertà civili.

Certo non sapevo ancora bene di quali risorse avrei vissuto, ma in fondo ero abituato a considerare mio patrimonio inalienabile la conoscenza delle lingue, della storia e della letteratura. Conoscevo infatti lingua e letteratura italiana, francese e inglese oltre che il latino.

In quel momento non davo importanza alla difficoltà che avevo avuto nel dialogare coi marinai inglesi. In Francia non avevo avuto alcun problema con la lingua, quindi attribuivo ai marinai un loro linguaggio particolare, sapevo certamente scrivere passabilmente e leggere in inglese, la pronuncia sarebbe stata una questione di pochi giorni. Quanto mi sbagliavo!

Arrivando finalmente a Dover sbarcai nel pomeriggio e per arrivare di giorno risparmiando inoltre qualche cosa, preferii rinunciare a proseguire via terra imbarcandomi su un altro battello che risaliva il Tamigi impiegando ben 12 ore per raggiungere Londra.

Passai così ancora una notte in compagnia dei miei pensieri ed arrivai a Londra, meta del mio viaggio, il mattino seguente. Già dal fiume, prima di sbarcare, la città mi colpiva per la sua grandezza veramente inaspettata e per i suoi edifici senza intonaco color mattone.

Questo Paese in cui sbarcavo era in tutto diverso dal mondo che mi era familiare e mi resi conto finalmente della mia ignoranza assoluta del modo di vivere e di pensare dei miei nuovi concittadini, comprendendo che questa differenza sarebbe stata di certo fonte di molte difficoltà di inserimento.

Per prima cosa mi diressi verso Leicester Square nei cui pressi doveva trovarsi l'Hotel de la Sablonnière, raccomandatomi dai miei conoscenti come l'abituale approdo degli esuli Italiani.

La città era realmente molto grande ma la fatica di percorrerla a piedi era per fortuna alleviata dai marciapiedi sempre presenti e che ben raramente avevo visto in precedenza.

Questi non erano quasi mai interrotti da porte carraie adatte per far accedere le carrozze ai palazzi, accorgimento molto comune invece a Roma e che ricordavo molto bene nelle case della mia infanzia.

Nelle città che conoscevo, ricchi e poveri abitavano negli stessi palazzi e la differenza sociale si traduceva nel numero di gradini che dovevano salire. Invece a Londra ciascuno aveva la sua casa anche se piccola, fragile e lontana. Le case erano di mattoni rossi, molto scuri e senza intonaco, con finestre a piccoli vetri con la metà alta fissa e la metà bassa sollevabile e ricadente a ghigliottina.

Mentre le notti erano splendidamente rischiarate dall'illuminazione a gas, nei mesi invernali successivi conobbi quella nebbia color arancio o gialla che talvolta era così fitta da impedire il transito delle carrozze e da imporre l'accensione dei lumi nelle case anche di giorno.

I comuni cittadini disponevano liberamente di alcuni servizi pubblici per me sconosciuti.

La posta veniva distribuita da addetti vestiti di rosso che percorrevano la città e si fermavano agli incroci delle strade avvertendo della loro presenza col suono di una campanella.

Il servizio di sorveglianza notturna era assicurato dai *watchmen,* funzionari vestiti di grigio con un grosso numero sulla schiena che pattugliavano la città gridando l'ora.

Ebbi subito modo di fare molte osservazioni avendo immediatamente dovuto cercarmi un'abitazione, a causa dei prezzi dell'albergo che non mi consentivano di soggiornarvi più di qualche giorno.

Per la verità un albergo più economico esisteva nelle vicinanze, ma era talmente infimo che fra gli esuli girava la voce scherzosa che fosse stato finanziato dalla Legazione d'Austria per perseguitare coloro che le erano sfuggiti in patria. La ricerca di un alloggio fu dunque la mia prima occupazione.

Tale ricerca era molto difficile, in quanto le mie condizioni economiche, ed il modo di abitare degli Inglesi, mi sospingevano verso la periferia lontana, ma questo avrebbe reso più difficile allacciare le nuove relazioni che mi erano necessarie per poter lavorare mettendo a frutto la mia cultura, insegnando, scrivendo e dando conferenze.

In qualche maniera trovai alla fine un compromesso: un appartamento ammobiliato in affitto in George Street.

La prima sera mi pareva di essere ancora sulla nave a causa delle pareti sottili e di legno e per le camere minuscole ed una ripidissima scala che sembrava quella che porta sul ponte.

L'appartamento si trovava al secondo dei tre piani di un edificio che per le abitudini continentali era piccolissimo.

In questa casa c'erano tre camere da letto una sull'altra e tre salette ugualmente una sull'altra. A causa dei pavimenti di legno ciascun abitante sentiva parlare, per fortuna sommessamente, i suoi vicini.

La casa era molto lontana dalle botteghe da cui avrei dovuto rifornirmi, ma in questo paese tutto pareva studiato ed organizzato per risparmiare tempo. Ognuno degli approvvigionamenti quotidiani poteva essere ricevuto a casa consegnato dai bottegai puntualmente ad ore fisse.

Io ero solo ed avrei fatto a meno di molte cose, ma questo

valeva anche per le grandi case abitate da molte persone dove pane, burro, acqua, birra, pesce, carne, latte, giornale e lettere arrivano ogni giorno.

Anzi il giornale poteva essere addirittura preso in affitto: un ragazzetto di 12 anni alle ore stabilite lo portava e veniva a riprenderlo per portarlo al lettore successivo.

Con mia grande meraviglia, tutto questo via vai di venditori si svolgeva in gran silenzio, senza bisogno di contrattazioni, poiché i prezzi erano fissi.

Accantonato il problema dell'abitare, potei dedicarmi alla mia seconda occupazione in Inghilterra che sarebbe stata da quel momento in poi quella principale e la mia ossessione: la ricerca di lavoro.

Cominciavo ormai ad assegnare molta più importanza, di quanto non avessi fatto inizialmente, alla difficoltà della lingua. Ed a ragione, non sarei infatti mai riuscito a scrivere in inglese un testo direttamente pubblicabile senza l'aiuto di un traduttore che naturalmente dovevo pagare.

Sono stato sempre costretto a scrivere in italiano, o più spesso in francese per avere più possibilità, e ad ingaggiare un traduttore di madrelingua inglese.

Per conoscere l'ambiente editoriale ed individuare gli argomenti promettenti su cui scrivere oltre che per comprendere la mentalità e la cultura dei miei futuri lettori cominciai a leggere la stampa periodica locale.

Allora uscivano alcune riviste trimestrali come *London and Westminster Review*, *British and Foreign* ed altre, ma quanto ad individuare degli argomenti da trattare su di esse c'era un problema: l'accoglienza che l'Inghilterra accordava agli esuli del continente era più dovuta a spirito di carità che a solidarietà politica e reale comprensione dei problemi politici dei paesi europei.

Questa scarsa comprensione evidentemente derivava, oltre che dal poco interesse, anche dalla diversità assoluta della struttura dell'apparato politico esistente in Inghilterra rispetto a quello dei Paesi del Continente. Questa diversità rendeva la comprensione reciproca molto improbabile.

Mentre in Francia con i Francesi e con esuli un po' di tutta Europa avevo appassionatamente dibattuto di politica parlando e discutendo di cose conosciute da entrambi e confrontando le opinioni, in Inghilterra invece, fra inglesi e non-inglesi, ciascuno ignorava completamente la realtà dell'altro.

Il risultato comunque era di limitare molto gli argomenti su cui potevo scrivere con profitto.

Malgrado quindi, scegliessi con cura i temi da sviluppare, poteva succedere che venissero respinti articoli che avevo scritto e fatto tradurre a mie spese, perché ritenuti poco interessanti per i lettori oppure, quando si trattava di attualità, talvolta succedeva che il ritardo di un traduttore rendesse il mio articolo superato per il numero successivo che usciva dopo tre mesi.

La stampa settimanale come *Examiner*, *Spectator* o *Athenaeum* non apriva migliori prospettive avendo un pubblico più vasto, ma meno qualificato.

La mia ansia di conoscere i miei improbabili lettori mi portò a fare molte scoperte sulla vita familiare e sociale degli Inglesi. L'estrema piccolezza delle case era legata ad una grandissima esigenza di indipendenza. Ho sentito commentare da un altro esule italiano: *l'Inglese preferisce vivere in un guscio come l'ostrica invece che in grandi palazzi con i problemi di un pollaio.*

Quando un figlio ha ricevuto una conveniente educazione, come un uccello, lascia il nido e va a fabbricarne uno nuovo. Le famiglie patriarcali si trovano presso i popoli agricoli, non in questo Paese che deve la sua grandezza ai commerci ed alle colonie in tutto il mondo.

Durante l'inverno, è abitudine tipica e diffusissima del popolo inglese di passare la domenica rifugiandosi in qualche taverna raccolto in piccoli gruppi intorno ad un fuoco a fumare, bere e leggere.

Tutti i dissidenti tengono, per i ragazzi poveri della loro setta, scuole di insegnamento gratuito e domenicali, in cui insegnano a leggere, scrivere e fare un po' di conti.

Per questa classe di lettori si pubblicano i giornali della domenica che contengono in riassunto tutte le notizie date dai quotidiani durante la settimana. In questo modo il fabbro e l'operaio della filanda sono informati come i membri del Parlamento. E' in posti come queste taverne che si forma l'opinione pubblica.

D'estate invece tutti frequentano i giardini del tè (*Teagardens*) come il *Cumberland Garden* sulle rive del Tamigi, cosparso di tavoli attorno ai quali siedono gli operai a piccoli gruppi. Quello che meraviglia è che in queste condizioni, tutto quello che si sente è il brusio di gente che parla sottovoce.

Londra, all'epoca, era popolata d'esuli d'ogni specie e d'ogni Paese: Costituzionali auspicanti una Camera, Costituzionali auspicanti due Camere, Costituzionali alla francese, altri alla spagnola, altri all'americana, generali, presidenti abbattuti di repubbliche tornate monarchie, presidenti di parlamenti sciolti a filo di baionetta, presidenti di Cortes disperse dalle bombe.

Tutti si mescolavano nelle occasioni mondane (per esempio all'Opera Italiana) con gli ambasciatori dei governi loro avversari.

Quanto all'insegnamento, in quel periodo la cultura italiana non era più di moda come dieci o quindici anni prima del mio arrivo, quando gli esuli napoletani del 1820 e piemontesi del 1821 avevano trovato un ambiente culturale creato da Byron, Shelley e molti altri, ambiente in cui si *doveva* conoscere l'Italiano, e l'interesse per la nostra lingua andava scemando.

Ormai l'insegnante di Italiano era quasi solo un accessorio dell'insegnante di musica. La possibilità di insegnare in qualche tipo di scuola era molto saltuaria, quindi le soluzioni più appetibili, in fondo, erano quelle in cui si aveva un rapporto continuativo con una famiglia, potendo contare in tal modo su un mensile fisso, anche se modesto.

E così, quando ricevetti una lettera gentile d'un ministro della Chiesa Anglicana che mi pregava di dar lezioni di lingua italiana e francese alle sue tre figlie, non esitai ad accettare, anche se con riserva per il problema logistico legato alla distanza, Eccomi allora un bel mattino su un cavallo da nolo andarmene a trotto serrato per dieci miglia ad un borgo, che gli Inglesi amano chiamare città, ove abitava la famiglia.

In questa città vivono in prevalenza piccoli coltivatori di terre in affitto. Le case sono del color rosso naturale del mattone così sgradevole agli occhi e pur così dominante in Inghilterra, tranne le osterie e la casa del ministro anglicano che sono imbiancate. Mi fermai in un albergo piccolo ma fornito di tutte le comodità.

Il fuoco ardeva da molto tempo nel soggiorno destinato agli ospiti, una gazzetta sul tavolo era a disposizione dei viaggiatori, in uno scaffale facevano bella mostra di sé delle spazzole per liberarsi dalla polvere della strada, in un altro c'era un libro di morale religiosa e quanto occorre per scrivere, il tutto terso e lucente.

Mi riposai con comodo guardando le stampe di 30 o 40 anni prima appese alle pareti e forse ereditate da un altro locale più elegante.

Il mio riposo non fu turbato dalle offerte di un oste ansioso di smaltire i suoi avanzi ma la richiesta di servizi era legata esclusivamente alla mia iniziativa: quando me ne venne voglia suonai il campanello e subito comparve una cameriera a cui ordinai la colazione che mi fu portata immediatamente.

Dopo che ebbi terminato, suonai di nuovo e la cameriera ricomparve per sparecchiare. Il tutto non richiese ne' molte parole, ne' alcun tipo di trattativa, ma solo pochi magici monosillabi.

Attendevo lo scoccare delle undici, ora fissata per la lezione. In Inghilterra l'orario di ogni avvenimento è inesorabilmente prefissato, non v'è margine, la puntualità è un dovere assoluto. Non è concepibile arrivare tardi, ma neanche arrivare prima.

All'ora esatta, dunque, mentre si udivano i rintocchi dell'orologio della chiesa, entrai nel giardino che fronteggiava la casa del ministro, tutto coltivato a fiori ed arbusti, coi sentieri accuratamente spazzati e liberi dalla benché minima pagliuzza, con alberi ombreggianti e spessi sul davanti, non tanto per difendere la casa dal sole e dai venti, quanto per nasconderla alla curiosità importuna dei passanti.

Qui la riservatezza formale regna ovunque. Né le persone né le case si presentano mai con quella confidenza con cui gli Italiani e le loro case per lo più si presentano biancheggianti e proprio sull'orlo della strada pubblica.

Secondo l'uso di questo Paese, bussai alla porta con colpi

ripetuti per far capire ai servi che si trattava di un visitatore e non di un qualunque mercenario, operaio o venditore, a cui non è lecito annunciarsi che con un solo moderato colpo.

Un servo con calzoni di velluto e calze bianche di cotone m'aprì la porta e mi introdusse nella sala da pranzo, lasciandomi solo, mentre andava ad annunziarmi al padrone di casa. Ed io ebbi così modo di studiare la sala in tutta tranquillità.

Un fuoco vivacissimo ardeva nel grande camino in posizione centrale. Ogni cosa era al suo posto, come in attesa di un'ispezione.

Un contenitore di latta verniciata di verde posto avanti ad una delle lunghe finestre, conteneva alcuni vasi di gerani fioriti coltivati nella serra ed era circondato da molti altri vasi più piccoli di bellissimi fiori certamente anch'essi provenienti dalla serra.

Dopo pochi minuti ecco il Reverendo che entra nella sala con un affabile sorriso. Nessuna fatica ad indovinare che era il padrone di casa, essendo somigliantissimo ad un ritratto di lui che pendeva da una parete.

Bel tempo, ... bellissima giornata! (quantunque avesse piovuto due o tre volte nella mattinata). Questo eterno immutabile cerimoniale dell'Inghilterra fu l'esordio del nostro dialogo.

Il Reverendo era un uomo di circa 45 anni, di una florida salute. La felicità del suo stato era dipinta sul suo volto vivace ed ilare.

Il suo placido sorriso, le sue guance lisce e ben rasate e il suo umore lieto denotavano che non c'erano angosce o sciagure capaci di turbare la sua digestione sempre felice.

Il segreto di questo suo aspetto era il continuo esercizio che faceva nella caccia alla volpe, nella caccia col fucile e nella pesca, naturalmente col seguito ed appendice di buoni pranzi e buone bottiglie.

Il suo abito corto e tagliato sullo stile degli abiti da viaggio che usano gli Inglesi, era di velluto nero e questo colore era il solo remotissimo indizio di sacerdozio che avesse indosso.

Pochi momenti dopo entrò la moglie del Reverendo il quale, senza allontanarsi dal fuoco a cui volgeva la schiena, stese il braccio indicandomi la sua signora.

Mentre io, accennando un breve inchino, mormoravo le solite frasi alla moda in francese a base dei soliti *sharmé* e *enchanté*, la signora con passo svogliato e contegno indifferente s'avviava verso il camino, volgendo intanto il capo verso di me.

La signora era alta, ben fatta e, senza essere altera, mostrava avere di sé quella stima che certamente meritava. Dopo alcuni momenti uscì e salì nuovamente al piano superiore a verificare che le figlie fossero pronte.

Intanto il Reverendo mi gratificò di una divagazione sugli storici antichi, mi fece intravedere una sua amicizia con Lord Byron, m'invitò a rimanere a pranzo con lui e mi indirizzò mille altre cortesie.

Dava volutamente a vedere da queste poche frasi che era familiare con la nobiltà, che era ricco e che, malgrado la passione per la caccia, era interessato agli studi classici nei quali riteneva di avere qualche competenza.

Quei pochi cenni furono per me l'equivalente di un blasone di famiglia.

Subito dopo, essendo trascorso esattamente il tempo che

era corretto aspettare, in tono disinvolto soggiunse che potevo salire, ed egli stesso mi precedette facendomi strada.

Trovai la stanza di soggiorno al solito ingombra di molti tavolini, di un cembalo, di libri e di lavori donneschi. Le mie allieve erano ritte in piedi colla solita aria fredda e modesta inglese e disposte secondo l'età.

La maggiore era una giovane di 19 anni, di corporatura agile, piuttosto magra, brunetta di carnagione, con i capelli neri, occhi neri e con denti eguali e bianchissimi. Colpiva a prima vista la grande somiglianza con la madre. Il suo sorriso era soave e l'espressione del suo volto angelico.

La seconda, poverina, sembrava uno scherzo di natura, era un'albina, ben fatta, candidissima di carnagione, con sopracciglia, ciglia e capelli praticamente bianchi e gli occhi con riflessi rossi. Ogni suo movimento era delicato, ogni sua parola era uno sussurro. Malgrado non vedesse bene, mi sembrava più avanzata negli studi della sorella maggiore.

La terza era una fanciulla di 13 anni, bellina, somigliante alla sorella più grande, vivacissima negli sguardi, che di soppiatto lanciava a me, mentre leggevo, o verso la sorella maggiore, quando si trattava di darmi qualche risposta.

La madre assistette a tutta la lezione continuando a ricamare. Talvolta parlava sottovoce con una delle figlie non occupata con me, o partecipava direttamente rispondendo per loro quando, interrogate su ciò che sapevano di francese o d'italiano, chinavano gli occhi e non ardivano fare le proprie lodi, mentre tutto sommato erano bene istruite, comprendevano e parlavano a meraviglia il francese e con tutto il candore manifestavano le difficoltà che incontravano nella lettura dei poeti italiani che pure amavano molto.

Terminata che fu la lezione, scendemmo nella sala da pranzo dove era imbandito un lautissimo *launchon*. La signora mi offrì ripetutamente e con molta cortesia del bue freddo, della torta di riso e latte ecc, ma non intendendo accettare l'incarico di insegnante mi scusai e me ne tornai all'albergo.

Mentre stavano sellando il mio cavallo, diedi un'occhiata alla chiesa del borgo, antica di sostanza e ancora più antica di apparenza per la forma gotica che quasi ovunque hanno le chiese anglicane e, dopo aver ricevuto dall'oste un inchino che odorava ancora dell'antico vassallaggio, spronai il cavallo e partii al galoppo attraverso quelle campagne deserte.

Naturalmente fui costretto a rinunciare a questo incarico. Mantenerlo mentre abitavo a Londra non era possibile. Risultava troppo dispendioso in termini di tempo e di denaro. Nemmeno era opportuno che mi trasferissi nel piccolo borgo perché questo avrebbe comportato la rinuncia a trovare altri lavori che invece mi erano indispensabili.

Poco dopo il mio arrivo a Londra, avevo cominciato anche a frequentare la bottega di Pietro Rolandi, un libraio italiano, dal quale prima o poi si incontravano tutti gli esuli della Penisola.

Non era consolante apprendere che le stesse difficoltà mie erano *male comune* di tanti, se non di tutti, ma l'incontro con i connazionali dava un certo sollievo alla mia angosciosa solitudine.

Con la mia presa di posizione politica contro il potere temporale del Papa e la conseguente uscita dal convento e dall'Ordine Benedettino, che sarebbe più proprio chiamare evasione, avevo rinunciato alla tranquillità economica, ma non erano le difficoltà materiali della vita che mi pesavano maggiormente.

Ogni giorno di più soffrivo l'estrema solitudine per la perdita non solo della patria, della famiglia, di mia madre, dei miei fratelli e delle mie sorelle, ma anche del convento di Santa Scolastica a Subiaco, mia seconda famiglia.

Non riuscivo a vivere solo come in un deserto, senza nessuno che ascoltasse le mie pene e che mi confidasse le sue.

Quando all'inizio del 1836 cominciai ad insegnare italiano e letteratura francese in una scuola, conobbi la bella e dolcissima Marie, che lì insegnava Francese e letteratura inglese.

Questa giovane, di piccola statura, corporatura minuta, bionda, occhi marroni modesta di modi, ma estremamente colta e di carattere dolcissimo, mi attrasse subito in un modo che mi sconvolse.

Marie era nata in Francia, a Parigi, nel 1813, ma il padre, Gustave Bertrand, durante il periodo Napoleonico per motivi politici aveva abbandonato la Francia e si era trasferito a Londra con la famiglia. Qui Marie era cresciuta ed aveva compiuto gli studi.

Nel 1835 aveva cominciato a insegnare nella scuola dove anche io approdavo dopo qualche mese.

Per carattere e per radicata abitudine io ero, e sono, molto chiuso e faccio normalmente grande fatica a parlare dei miei sentimenti personali.

Incontrando Marie invece, compresi subito che meritava la mia fiducia ed intuii che confidarle la mia solitudine e le sue cause mi sarebbe stato di grande conforto e così le raccontai interamente la mia storia includendo la condizione di ex monaco, particolare questo che dovevo sempre tenere accuratamente nascosto per evitare che, venendo casualmente alla luce, mi facesse perdere anche il mio modestissimo lavoro.

Il racconto della mia vita e la descrizione della mia situazione ebbero un'accoglienza anche superiore a quanto io avevo sperato:

–"Ludovico, interpreto le confidenze che mi fate come una grande prova di fiducia e ve ne sono grata. Non temete, nessuno saprà mai da me le informazioni che potrebbero mettervi in difficoltà.
Quanto a me, voi sapete che sono cattolica, ma non sono mai stata molto religiosa, personalmente non soffrirei per essere allontanata dalla Chiesa, ma comprendo benissimo quello che voi provate.
Entrare in un ordine monastico comporta certamente una convinzione profonda, ed infatti frequentandovi si percepisce perfettamente come le vostre convinzioni religiose guidino costantemente le vostre parole e le vostre azioni.

Conosco anche la forza della passione patriottica quando accende gli animi. Ho ascoltato spesso i discorsi di mio padre e di molti suoi amici.
Sono tutti in esilio per motivi politici.
Qualcuno di loro è un uomo mite e tranquillo stritolato da situazioni più grandi di lui, magari con la sola colpa di aver espresso opinioni non gradite all'autorità del suo paese; qualcun'altro è un acceso rivoluzionario che ha anche compiuto azioni violente contro lo stato.
Tutti loro sono accomunati dall'essere costretti ad una vita di sacrifici in paesi stranieri e soffrono la sensazione di subire un'ingiustizia. Essi traggono però forza dalle loro convinzioni.
Ma voi invece se andate a rifugiarvi nelle vostre convinzioni politiche in cerca di conforto, non lo trovate a causa dei vostri sentimenti religiosi.
Mi è molto chiaro come il vostro animo sia lacerato da due grandi passioni contrastanti e come queste siano vere e proprie esigenze entrambe irrinunciabili."

Dopo questa mia confessione tanto ben compresa da Marie, l'attrazione verso di lei che sentivo nascere in me mentre da un lato alleviava il mio senso di solitudine, dall'altro apriva nel mio animo un'altra crisi.

Trascorrevo giornate e nottate intere immerso in un accanito e appassionato dibattito con me stesso.

–"Hai scelto tu la vita monastica con i relativi voti, ricordati che nessuno ti ha costretto. Se guardi dentro di te, nella tua coscienza, vedrai che senti il dovere ed anche il desiderio di continuare ad osservarli.
Non c'erano condizioni nei giuramenti che hai fatto a Dio ed

alla Sua Chiesa."

–"E' vero, io ho scelto un modo di vivere, ma questo mi viene negato, ed in coscienza posso affermare che mi viene negato non per mia colpa.
I miei atteggiamenti avevano spiegazioni del tutto accettabili che i miei giudici mi hanno impedito di esporre. In coscienza non riesco a sentirmi colpevole."

–"I tuoi superiori nell'Ordine che tu incolpi sono uomini, ma tu hai giurato a Dio."

Questo pensiero mi colpì improvvisamente e mi lasciò tramortito come se fossi stato colpito fisicamente.

A lungo, mi parve chiudere definitivamente il mio conflitto interiore. Ma poi intervennero altre considerazioni.

Pensavo che Dio era infinita bontà e che se aveva permesso che degli uomini mi negassero la scelta d'amore che avevo fatto, mi avrebbe restituito la facoltà di scegliere come avrei vissuto la mia vita, restando fermi ovviamente la mia fede ed il mio amore per Lui.

L'avermi fatto incontrare una giovane come Marie non era forse un segno? Non l'avevo forse incontrata ora, quando l'emozione degli eventi cruciali si era attenuata ed invece il tormento della solitudine era tanto cresciuto?

Comprendevo bene che io non ero un giudice imparziale in un giudizio morale che mi coinvolgeva a tal punto, ma ciò malgrado non riuscii ad impedirmi di fermarmi sempre più spesso nella scuola dopo le lezioni con Marie a parlare a lungo raccontandoci a vicenda la nostra vita, finché un giorno le dissi:

– "Cara Marie, devo confessarvi quello che senza dubbio

avete già intuito. Sento nascere in me un nuovo sentimento verso di voi. Un sentimento certo vecchio come il mondo, ma nuovo per me.
Tenendo presente la mia condizione di esule politico e di ex monaco, il mio senso di onestà e di rispetto per voi mi spinge a farvi una richiesta.
Desidero venire a conoscere vostro padre, presto, prima che il mio sentimento per voi si consolidi ancora di più.
Mi rendo ben conto che vostro padre, esule dalla sua patria, potrebbe aver sognato per la sua unica figlia una situazione più stabile di quella che io posso o potrò mai offrire.
Se vostro padre fosse contrario o vedesse un impedimento nella mia condizione di ex monaco, desidero saperlo ora e mi pare giusto che anche voi e vostro padre lo sappiate ora.
Avere gravi difficoltà ed incomprensioni con la mia famiglia è cosa che mi addolora troppo per pensare di infliggere lo stesso tormento a chi accettasse di starmi vicino.
Per questi motivi non mi sento di nascondere una parte della verità, e desidero che la mia condizione sia ben nota alla vostra famiglia e da essa accettata come da voi stessa.
Scusatemi se vi do l'impressione di correre troppo, ma la mia ansia di non farvi del male mi spinge alla massima prudenza e scrupolosità."

–"Sono d'accordo con Voi Ludovico, la cosa migliore è quella di essere completamente trasparenti e di non crearci altre possibili difficoltà con comportamenti non sinceri."

Marie nel dir questo arrossì rendendosi improvvisamente conto che le sue parole significavano confessarmi implicitamente la reciprocità dei suoi sentimenti.

Così una domenica venni invitato a prendere il tè in casa Bertrand dove Marie viveva con i genitori. L'abitazione, come costume purtroppo degli esuli politici, era piuttosto modesta, ma tenuta con molta cura da Madame Bertrand.

Si trattava di una casetta su due piani tipica dei sobborghi londinesi allineata con le altre, quasi al centro di una lunga fila che costeggiava la strada.

Era costruita con i soliti mattoni rossi a vista ed era veramente minuscola.

A piano terra aveva sulla sinistra del vano di entrata un soggiorno tanto piccolo da essere completamente riempito da tre poltroncine ed una sedia. Di fronte una scala ripidissima portava al piano superiore dove erano due camere da letto.

Uno stretto passaggio alla sinistra della scala dava eccesso ad una piccola sala da pranzo ed alla cucina.

Il lato destro della casa era limitato da una parete dritta che confinava con la casa vicina e tutte le finestre affacciavano sul giardinetto anteriore o su quello posteriore.

Fra i genitori di Marie e me, con mio grande sollievo nacque subito una corrente di simpatia. Rimasero incantati dal mio francese a proposito del quale Marie, un po' maliziosamente, non li aveva prevenuti. Li aveva invece avvertiti della grande affinità che sentivamo nascere in noi, ed aveva loro chiesto di conoscermi per darle la loro opinione.

Dietro mia richiesta non aveva però parlato del mio segreto, non dicendo che ero un ex monaco. Di questo volevo parlare io stesso per non dare la sensazione che me ne vergognassi e non avessi il coraggio di esporlo, ed inoltre non volevo che eventualmente Marie non sapesse rispondere nel caso che le facessero qualche domanda di approfondimento.

Visto dunque il momento favorevole affrontai subito il racconto del mio stato, che esposi tutto d'un fiato, completamente, senza interruzioni e senza addolcimenti, secondo quanto mi ero ripromesso così concludendo:

– "Monsieur Bertrand, vi prego di credere che, per evidenti motivi di onestà e correttezza a cui mai verrei meno, tanto più in questo caso, vi ho messo completamente a conoscenza della mia situazione e delle mie prospettive. E dopo questa necessaria premessa, vi chiedo il permesso di frequentare Marie con l'obiettivo di giungere presto al matrimonio."

Quando finalmente tacqui ebbi improvvisa l'impressione di essermi dato da solo una risposta negativa con la mia precipitosa esposizione di tutta la negatività comportata dal mio stato.

Quasi avrei desiderato poter tornare indietro, cancellare tutto e rifare la mia esposizione in modo più cauto. Ma ormai era fatta, e quello che era stato detto non sarebbe stato mai più cancellato. Mi disposi quindi ad ascoltare la sentenza che mi riguardava.

Il mio ospite tacque qualche istante e poi:

– "Mio caro Ludovico, se mi permettete tanta confidenza, non potete immaginare quanto l'esposizione sincera dei vostri casi mi abbia ben impressionato.
Io sono francese, la laicità dello stato l'ho succhiata con il latte, cosa volete che mi importi del vostro dissidio con lo Stato della Chiesa! Mi importa invece la dimostrazione che mi avete dato della vostra onestà e correttezza.
Certo siete un esule, e ben so cosa voglia dire, ma anche io lo

sono e questo non mi ha impedito di essere felice confortato dall'amore di mia moglie e della nostra Marie.
Per i nostri figli desideriamo sempre il massimo, ed un uomo come voi a mio parere sarebbe il massimo per Marie se non fosse per un particolare: il dissidio con vostra madre.
Non posso credere che sia tanto dura quale voi la descrivete. Devo quindi pensare che il vostro orgoglio vi abbia invece impedito di fare i passi necessari ad una riconciliazione.
Venendo dunque alla vostra domanda esplicita che, per i motivi che ho detto, merita una risposta altrettanto esplicita, vi rispondo che pongo una sola condizione al mio consenso: avere anche il consenso di vostra madre."

Questo fu per me un duro colpo, infatti ammaestrato dal fatto che mai mia madre aveva risposto alle mie lettere, non dubitavo che lo avrebbe negato.

L'ottimo Monsieur Bertrand, notando evidentemente qualche segnale di delusione e disperazione nella mia espressione, proseguì:

– "Se volete scriverò io stesso una lettera a vostra madre con la richiesta del consenso al matrimonio, e cercherò in ogni modo di facilitare un riavvicinamento fra voi."

Non mi rimase a quel punto che accettare l'offerta di Monsieur Bertrand e delle sue intenzioni gli fui molto grato perché sinceramente non mi aspettavo da un estraneo tanta comprensione del mio dramma intimo.

La lettera, quindi, venne scritta la sera stessa e rimanemmo tutti in attesa degli eventi, ma il mio coraggio era svanito. Ora di nuovo niente dipendeva da me, ma altri avrebbero deciso se avevo diritto o no alla mia parte di felicità, e le premesse non erano certo rassicuranti.

Con questi pensieri rincasai la sera tardi dopo una lunga camminata per le vie deserte di Londra disponendomi ad affrontare una notte piena di incubi.

Mia madre non colse l'occasione di interrompere il silenzio verso questo suo figlio ribelle, ma la sua risposta giunse direttamente a Monsieur Bertrand.

Si trattava di una lettera in francese molto formale e fredda, in cui negava il suo consenso con motivazioni legate al mio stato.

Monsieur Bertrand, dopo avermi letto la lettera di mia madre, guardandomi negli occhi da sopra gli occhiali che teneva incastrati sul naso, prese a parlarmi:

– "Mio caro Ludovico, devo riconoscere che la vostra descrizione dell'atteggiamento di vostra madre era in fondo veritiera. Riconosco che il mio giudizio sul vostro orgoglio era sbagliato. Io cerco sempre di essere obiettivo nei miei giudizi, ma talvolta non ci riesco e quando mi accade, faccio il possibile per porvi rimedio, e pertanto ve ne chiedo perdono.
Comprendo ora il vostro dolore per la perdita della famiglia, dolore che a me è stato risparmiato essendo io andato in esilio accompagnato dalle due persone che amo di più al mondo.
Io non giudico così gravi come fate voi le vostre colpe e pertanto ritengo che quanto avete sofferto ed ancora soffrirete, le abbia ampiamente compensate.
Per questo motivo e per l'amore che porto a Marie che vedo molto incline verso di voi, abbandono la mia condizione e vi auguro di essere felici insieme come sono stato, e sono, io con mia moglie."

Questa altalena di sentimenti, dalla disperazione più nera, alla felicità assoluta, che avevo provato ascoltando Monsieur Bertrand mi lasciò praticamente senza parole e non fui capace di dominare la mia emozione.

Fui solo capace di dichiarare in modo confuso la mia gratitudine per la comprensione che dimostrava nei miei confronti e la mia felicità per il desiderio di Marie di condividere il mio esilio.

Con Marie ci sposammo solo due mesi dopo questi eventi, il 19 settembre 1836. Era un sabato freddo e piovoso ed il matrimonio si svolse con molta semplicità e rapidità, dando il via ad un periodo, purtroppo molto breve, di serenità.

La vita a due con una moglie non era stata nei miei sogni sul futuro di quando ero ragazzo, mi ero sempre visto, da quando ricordavo, come facente parte di una comunità più ampia.

La realtà poi era stata diversa e mi aveva fatto conoscere le pene della solitudine, ed ora questa comunità microscopica mi appariva quasi una fortuna da non credere. Avere accanto qualcuno con cui parlare del futuro, con cui avere sogni e speranze in comune, mi appariva quanto di meglio potessi attendermi dalla vita.

I giorni ora scorrevano tranquilli e la mia angoscia si andava placando grazie ai nuovi punti fermi della mia esistenza, quando una sera Marie mi disse:

–"Ludovico, devo farvi un annuncio, devo darvi la notizia più importante che una donna possa dare a suo marito."

Presagendo di cosa potesse trattarsi, rimasi senza fiato, come folgorato e del tutto incapace di parlare. Riuscii solo ad emettere un flebile suono che somigliava vagamente ad un si, e Marie proseguì:

–"Sono praticamente certa che presto avremo un figlio."

–"Mia dolce Marie, sono estremamente commosso ed intenerito dalla stupenda notizia. Queste vostre poche parole mi fanno rivivere un tratto della mia vita disperata.
Mi fanno pensare a quando impaurito e miserabile vagavo sulle montagne guidando un carro da buoi in un convoglio di bestiame alla ricerca di un luogo in cui nascondermi e sopravv-

vivere o di quando facevo il facchino nel porto di Genova. Come ero disperato e solo! Ma ora ringrazio Dio di avermi condotto in porto e di avermi dato la gioia più grande che un uomo possa avere.
Ringrazio anche voi Marie per la vostra comprensione, il vostro amore e per avere unito il vostro destino al mio. Un nuovo essere sarà presto con noi, e noi due insieme faremo del nostro meglio perché la sua vita sia felice.
Questa consapevolezza fa di me nuovamente un uomo che ha il suo posto nel mondo Marie, e non dimenticherò mai che lo devo a voi."

Nel giugno 1837 Marie diede alla luce nostro figlio. Ne fummo entrambi molto felici, ed io in particolare assaporavo la gioia mai sperata prima di provare tanta felicità insieme a colei che l'aveva resa possibile. Inoltre sentivo di avere di nuovo una famiglia e questo mi dava una motivazione per le lotte quotidiane e voglia di vivere.

Chiamammo Carlo il nostro bambino e non a caso avevo proposto uno dei nomi molto comuni nella mia famiglia, continuavo a desiderare in modo struggente una qualche continuità con le mie origini.

Malgrado le difficoltà economiche che sempre mi affliggevano, cominciavo a credere di aver avuto in dono una nuova vita e di poter finalmente sperare in un futuro migliore e che la mia solitudine fosse finita.

Il piccolo Carlo non era molto robusto, ma era in buona salute e sembrava crescere bene.

Tutto andò per il meglio fino al gennaio 1838 quando le cose cambiarono. Infatti Marie rimase di nuovo incinta e cominciammo ad avere serie preoccupazioni per lo stato della sua salute che era tutt'altro che florido.

Inoltre quello fu un inverno freddo e piovoso e nostro figlio ne soffriva molto, aveva sempre la tosse, piangeva facilmente ed aveva poco appetito.

A febbraio, infatti, purtroppo si ammalò ed il medico diagnosticò una comune influenza:

– "Il bambino ha solo l'influenza, ma fate attenzione che non è molto robusto.
C'è la possibilità che la situazione si aggravi.
Dovete tenerlo al caldo e fare ogni giorno applicazioni calde

sul suo torace.
Cercate di farlo mangiare un po' di più e fate in modo che ogni giorno beva una tazza di brodo."

Ma il nostro Carlo invece di migliorare in pochi giorni come noi speravamo, si aggravò cominciando a tossire molto forte di una tosse secca che lo faceva piangere.

Allarmati per la sua difficoltà di respiro chiamammo di nuovo il medico e questi, preoccupato lo percosse a lungo con un dito a piccoli colpi sul torace e sulla schiena ascoltando attentamente il suono prodotto.

Purtroppo la diagnosi fu di polmonite. Il medico, considerando l'età tenerissima del piccolo paziente, ritenne miglior partito tenerlo in casa che in ospedale.

Questo fu infatti il suo consiglio accompagnato da moltissime indicazioni e spiegazioni su come trattare il piccolo paziente.

Marie, malgrado il suo stato delicato e la sua salute malferma, si dedicò a tal punto alla cura del bambino che riuscì a guarirlo dalla polmonite.

Quanto a lei per la sua gravidanza difficile avrebbe avuto bisogno di riposo e serenità, non certo delle fatiche e delle angosce che le era toccato di sopportare.

Io, non potendo alleviare la sua pena, avevo cercato almeno di alleviare la sua fatica e nel tempo che mi rimaneva dopo il lavoro, avevo cercato di sostituirmi a lei nelle cure del piccolo, ma invano perché lei era comunque sempre presente e vigile, senza dormire e senza voglia di mangiare.

Purtroppo l'aver salvato Carlo dalla polmonite fu però inutile perché il fisico del bambino ne risultò minato a tal punto che infine morì di consunzione prima di compiere un anno nel giugno del 1838.

Si sa purtroppo che i bambini così piccoli sono molto fragili ed è facile perderli, ma questa perdita mi pareva oltremodo ingiusta nel mio caso, e per di più era accompagnata dalla angosciante sensazione che potesse non trattarsi neanche di tutto il dolore che mi aspettava.

Inoltre vedevo la mia Marie soffrire in modo orribile e non riuscivo a non sentirmene responsabile. Avevo allora, ed ancora ho, la tendenza a prendermi la responsabilità di tutte le disgrazie a causa della coscienza opprimente del mio passato.

Andavo considerando che, se l'uscita dall'Ordine in fondo mi era stata imposta, così non era per l'uscita dal celibato. Questa certamente era una mia scelta dovuta alla mia debolezza. Certo, poi riflettendo comprendevo che non era ragionevole, ma la sensazione di colpa rimaneva nel mio animo.

Come intimamente temevo, la perdita del bambino fu alla fine in qualche modo fatale per Marie, fu per lei un trauma da cui non si riprese più. Giaceva nel letto senza mangiare e senza dormire lamentandosi a lungo con gli occhi fissi nel vuoto.

Non aveva più voglia di vivere e non reagiva né alle cure né alle mie esortazioni di pensare all'altro figlio che portava in sé.

E così Marie questa donna bella, giovane e di rara ma rara virtù, imboccò quel percorso tragico che porta il malato a non nutrirsi ed a non reagire alle cure declinando sempre più e porta chi gli è vicino a disperarsi impotente, non riuscendo a distinguere se il male sia nel fisico o nella mente.

Infine Marie morì col secondo bambino il 20 agosto 1838, prima del parto ed io appena ebbi di che trasportare le loro ossa alla terra, a questa felice dimora dove ogni uomo ritrova infine la pace.

Oh! quanti dolori ho dovuto soffrire, ma li ho sopportati con fermezza, e ne ringrazio Dio. La morte è certo il più atroce dei dolori, ma la morte non è nulla per colui che pose in Dio la sua felicità. Che cosa può legare l'uomo alla terra? la felicità? chi la possiede? nessuno, ed io lo so, e lo so meglio di ogni altro.

Nessuno più di me bevve il calice dell'amarezza fino al termine, le mie amarezze non ebbero mai sollievo da nessuno e l'interesse chiuse il cuore di tutti i miei, facendo dimenticare ad essi che in una terra estranea esisteva un figlio, un fratello povero, abbandonato, ramingo.

La vita è un corto soggiorno e questo pensiero deve consolare tutti gli afflitti, e l'afflizione non è un male, perché gradatamente ci separa dalla vita, e ci abitua a guardare alla tomba con minor spavento, e ci concilia con l'idea del disfacimento di un corpo che i dispiaceri corrosero.

Dopo questi eventi passai un periodo talmente nero e disperato che ora, nella memoria, mi appare come una zona buia dalla quale non emerge e non sopravvive alcun ricordo.

Credo ora di essere riuscito a venir fuori dallo stato di disperazione in cui ero piombato, grazie alla fede che riponevo in Dio, ero un naufrago aggrappato disperatamente ad un precario galleggiante che in qualche modo alla fine lo ha riportato verso la riva aiutandolo a sopravvivere.

Il dubbio di aver commesso un grave peccato contravvenendo ai miei voti tornò a tormentarmi.

Ma poi mi accorsi che, analizzando il problema da un punto di vista solo teologico, potevo rifletterci tutta la vita senza arrivare mai ad una conclusione definitiva. Infatti ogni volta che arrivavo inevitabilmente alla conclusione di essere tenuto a rispettare i miei voti, poi mi pareva inaccettabile e ricominciavo da capo.

Decisi quindi che dovevo far pesare nel mio giudizio anche il fattore legato alla natura umana di cui il Creatore mi aveva dotato e dal quale non riuscivo a prescindere se non a rischio di impazzire per l'angoscia di aver perso tutto ancora una volta.

Riflettendo ed analizzando gli eventi passati mi rendevo conto di come il matrimonio con Marie e la nascita di mio figlio avevano alleviato il devastante senso di solitudine di cui fino a quel momento avevo sofferto.

Andavo quindi considerando che il tentativo di ricostruire una vita il più possibile normale arricchita da normali relazioni familiari fosse l'unica terapia possibile per il mio animo messo a durissima prova da tante esperienze dolorose.

Pertanto quando, dopo qualche mese, in casa della famiglia Tasker dove ora insegnavo italiano, mi fu presentata la giovane Jane Isabella Prescott che insegnava musica e canto, considerai subito l'idea di un possibile secondo matrimonio.

Jane era nata a Londra, aveva allora 20 anni, era alta, snella e di capelli neri, al contrario di Marie era molto religiosa, e di fede anglicana. Desideravo moltissimo confidarmi completamente con lei, perché avevo imparato che questo fatto già da solo alleviava il mio senso di solitudine, ma prima di farlo dovetti riflettere a lungo.

Esisteva infatti un grave pericolo. La famiglia Tasker dalla quale entrambi dipendevamo per il modesto salario era cattolica e, se anche per sola disattenzione, fosse trapelato il mio segreto, certamente avrei perso il lavoro e forse anche la possibilità di trovarne altri nello stesso ambiente a causa della posizione influente che quella famiglia occupava nel distretto.

Tuttavia quando compresi che di Jane potevo fidarmi, non volli privarmi oltre del sollievo di confidarmi con qualcuno capace di ascoltare le mie pene.

Jane aveva la straordinaria dote di saper ascoltare. Stava per lo più in silenzio guardandomi negli occhi e di tanto in tanto faceva una semplice domanda da cui si capiva come avesse compreso le cose già dette ed anche quelle non ancora espresse a voce.

–"Vi capisco molto bene, Ludovico. Il vostro sentimento religioso è molto forte, non a caso avevate scelto la vita monastica. Contemporaneamente non riuscite a sottrarvi al fascino delle idee e dei fermenti sparsi nell'aria in tutta Europa dalle rivoluzioni di questi ultimi decenni.

Voi pensate che i vostri superiori avessero torto a non capire che si tratta di due passioni non contrastanti e quindi vivete la vostra vicenda sentendo di subire un'ingiustizia.
A questo punto siete entrato in una spirale tragica perché vi sentite in colpa per ritenere che i vostri superiori abbiano torto.
Se volete il mio consiglio, Ludovico, sottraetevi a questa spirale abbandonando il cattolicesimo che confonde la Chiesa con lo Stato, e siate tranquillamente un patriota religioso.
Se lo desiderate, io vi aiuterò. Anche io sono religiosa, credo nello stesso Dio, ma la mia Chiesa non mi pone un simile dilemma e non lo porrebbe neanche a voi."

–"Vi ringrazio di cuore per le vostre parole e le vostre intenzioni, Jane, ma francamente non me la sento.
Mi sembrerebbe di fuggire avanti alla difficoltà. D'altra parte, sono stato costretto a rinunciare alla vita che avevo scelto, ma l'avevo scelta credendo alla Chiesa di Roma oltre che a Dio. Non mi sento ora di abbandonare il cattolicesimo perché i suoi precetti mi risultano pesanti. Sono deciso a pagare le conseguenze delle mie scelte."

Non seguii dunque il suggerimento di Jane, ma ne parlammo ancora a lungo e poiché lei attraverso il suo desiderio evidente di conoscere la mia storia e l'indubbio slancio nel cercare di aiutarmi, lasciava anche capire l'interesse verso la mia persona, molto presto le proposi di sposarci.

Jane, avendo da poco perso i genitori, viveva da sola mantenendosi con il suo lavoro di insegnante. Io, ricordando l'esperienza precedente, decisi di non comunicare l'evento alla mia famiglia che peraltro mai si interessava di me e meno che mai pensavo di chiedere il consenso a mia madre e così la decisione rimase a noi due soli e fu presto presa: il 22 Ottobre 1839 Jane Isabella ed io ci sposammo avanti ad un Pastore Anglicano di Londra.

Eravamo sposati da circa due mesi, quando la Signora Tasker mi prese da parte e, con frasi e atteggiamento di circostanza, mi espresse le sue condoglianze per la scomparsa di un mio fratello avvenuta a Roma il 10 Ottobre.

Secondo quanto ella stessa mi disse, l'aveva ricevuta per lettera da una sua amica che, a Roma, era andata in visita da mia madre.

La notizia mi oppresse di dolore e da quanta memoria mi restava ancora della famiglia che mi ripudia, pensai che si trattasse di Bernardo o Roberto.

Sapevo che mia madre mi aveva cancellato dalla sua mente, ma non avrei mai pensato che neanche a seguito di un simile evento pensasse di scrivermi per informarmi. Dovevo proprio prendere atto che per la mia famiglia io non esistevo più.

Per non confessare una totale rottura con la famiglia, dovetti oltretutto fingere di essere al corrente del tragico evento e di sapere quale dei miei fratelli aveva pagato così presto il debito che ogni uomo ha con la natura.

Accettai quindi le condoglianze della signora Tasker, cercando di abbreviare al massimo questo difficile colloquio. Temevo troppo che mi chiedesse qualche dettaglio che avrei dovuto inventare rischiando che fosse in contrasto con qualcosa scritto dalla sua amica.

Riflettei poi sul possibile rischio a cui sinceramente fino ad allora non avevo pensato che qualcuno dei numerosi inglesi presenti a Roma, essendo in contatto con la mia famiglia, potesse apprendere mie notizie e che queste casualmente giungessero a conoscenza di chi aveva il potere di privarmi del mio modesto lavoro.

Più tardi rientrando in casa, risolsi quindi di scrivere una lettera a mia madre per sapere chi dei miei fratelli era scomparso e per raccomandare che nessuno della famiglia parlasse con estranei del fatto che avevo abbandonato il convento.

Come si era visto, questa informazione, se fosse stata data da mia madre alla sua ospite avrebbe potuto arrivare improvvisamente a mettere a repentaglio le mie fonti di sostentamento.

Alla lettera rispose mio fratello Roberto, raccontandomi la malattia e la fine di Bernardo. Mi raccontò anche che fra le sue carte avevano trovato odi e sonetti contro re e tiranni, ma che a causa del regime politico estremamente sospettoso che regnava a Roma, e memori del modo in cui io ero stato accusato di *fellonia e irreligione*, avevano pensato bene di distruggerli.

Questa lettera mi fu di grande conforto, essendo fra l'altro la prima volta da molti anni che mi giungevano notizie della mia famiglia.

In essa Roberto mi indirizzava parole di affetto fraterno e di comprensione, raccontandomi anche dei nostri fratelli e sorelle.

Di sé, scrisse che frequentava già da tre anni, come allievo, l'Accademia di S. Luca e desiderava intraprendere la carriera artistica e divenire pittore e scultore e mi inviò un ritrattino disegnato da lui del nostro fratello minore Adriano di quindici anni che ne aveva solo sette al tempo della mia fuga.

Fui molto grato a questo mio fratello per le sue parole e di tanto in tanto abbiamo continuato a scriverci e solo a lui, successivamente, ho confidato il mio secondo matrimonio.

Dopo questo episodio la mia vita accanto a Jane Isabella riprese a scorrere sempre uguale e senza eventi notevoli, dandomi quella tranquilla normalità a cui tanto avevo anelato.

Il fatto che non venissero figli ci dispiaceva un po', ma non c'era motivo di disperare. Entrambi, ed io in particolare, ci tenevamo molto, il ricordo del piccolo Carlo non era scomparso dalla mia mente ed il desiderio di vivere ancora la meravigliosa esperienza della paternità era vivo in me.

Questo periodo di relativa serenità riaccese in me il desiderio di partecipare in qualche modo a quel Risorgimento dell'Italia che ancora non trovava la sua realizzazione, non riuscendo a superare la barriera che le potenze reazionarie erigevano con la loro *Santa Alleanza.*

Nell'anno successivo accettai di tenere una serie di conferenze serali sugli antichi navigatori italiani e sul genio di alcune illustri donne italiane nel corso organizzato dalla *Literary and Philosophical Society.*

Con sola mezza sterlina un'intera famiglia poteva assistere a tutto il ciclo di letture al Teatro dell'Ateneo, quindi il compenso per i conferenzieri era praticamente solo simbolico, ma la motivazione era altra: pensavo che il diffondere la conoscenza delle cose italiane e cercare di mantenere vivo e possibilmente aumentare il clima di simpatia che esisteva in Inghilterra verso l'Italia, potesse in qualche modo contribuire alla causa del Risorgimento.

Il tema di cosa fare per il Risorgimento, era anche spesso dibattuto fra gli esuli Italiani che si incontravano nella bottega di Pietro Rolandi.

In questo punto di incontro ascoltai per la prima volta le parole di un *pericoloso* esule genovese, un tal Giuseppe Mazzini, che voleva organizzare una Scuola Italiana gratuita sul modello di quelle inglesi che insegnavano a leggere, scrivere e fare un po' di conti ai ragazzi poveri o comunque emarginati. Per questa sua impresa cercava volontari disposti a collaborare.

Egli aveva in mente e cercava di diffondere l'idea che, attraverso l'insegnamento si potesse tentare quel rinnovamento spirituale degli Italiani che giustamente vedeva come indispensabile premessa del Risorgimento politico.

Le sue idee mi parvero perfettamente condivisibili ed aderii con entusiasmo offrendomi di collaborare a questo progetto ed in effetti prestai gratuitamente la mia opera di insegnante per tutto il tempo in cui rimasi a Londra.

Di questa scuola io vedevo anche un altro aspetto squisitamente umanitario. A Londra erano numerosi i fanciulli italiani strappati alle loro famiglie da incettatori che percorrevano le campagne, soprattutto in Liguria e in Emilia, con promesse di lauti e facili guadagni, ma in realtà questi giovani erano poi costretti all'accattonaggio per le vie di Londra.

La scuola avrebbe dovuto provvedere all'istruzione di questi ragazzi e degli adulti analfabeti.

La scuola aprì ed iniziò le lezioni il 10 Novembre 1841 con 51 allievi in Greville Street al n. 5, primo piano in due semplici locali il cui principale arredo era un busto di Dante. Ma dopo un anno gli allievi che la frequentavano regolarmente erano ben 130.

Tutti gli insegnanti, me compreso, collaboravano poi anche al settimanale della scuola *Il Pellegrino* che uscì fino al 1844 e poi al quindicinale *L'educatore* che lo sostituì.

Le lezioni si tenevano ogni sera. La domenica la scuola era aperta la mattina per gli allievi che studiavano disegno e la sera alle 7 per una lettura concernente la morale o la storia patria. Finita la lettura aveva luogo il normale insegnamento.

Mi ero caricato sulle spalle un fardello supplementare, anche se solo due degli insegnanti, peraltro modestamente compensati, erano presenti ogni sera, ma mi faceva sentir bene, avevo la coscienza di fare qualcosa per chi era più infelice di me e questo rendeva più tollerabile la situazione di povertà in cui vivevo con Jane Isabella.

Provavo anche la soddisfazione di dare qualche contributo al Risorgimento italiano, e questo da molto tempo era un mio grande desiderio.

Con tanti impegni i due anni successivi volarono quasi senza che me ne accorgessi e quando cominciavamo a temere che non avremmo mai avuto dei figli, finalmente Jane rimase incinta, e nel 1843, dopo una gravidanza del tutto normale e senza problemi, nacque Marianna, una dolce bambina, molto desiderata. Per Jane e me, questo era il coronamento della nostra unione che avevamo tanto atteso.

Jane recuperò bene le forze dopo il parto ed era in buona salute, Marianna era una bimba sana e cresceva bene. Provai di nuovo la felicità di essere padre e con Jane ci dedicammo alla cura della nostra bambina.

Poiché Jane ed io lavoravamo entrambi, dovevamo alternarci nella cura di Marianna, e talvolta non era facile contemperare gli orari, ma questo sforzo organizzativo ci manteneva sempre presente nella mente che il nostro compito principale era quello di essere genitori e questo cementava la nostra unione.

Marianna, sempre con uno di noi due quando non con entrambi, si dimostrava molto sveglia e precoce, tanto che quando il 9 febbraio 1845 le nacque una sorellina, durante una lunga chiacchierata, scegliemmo insieme a lei il suo nome, e fu Cornelia.

Nei mesi successivi, la responsabilità di una seconda figlia mi impose nuove riflessioni sulla necessità di costruire un futuro migliore per me e per la mia famigliola. Sentivo chiaramente che contentarsi di sopravvivere non era più sufficiente.

La restaurazione, che ogni volta aveva seguito i moti rivoluzionari nei quali avevo tanto sperato, manteneva stabile il mondo dal quale avevo dovuto fuggire e di conseguenza il sogno di un ritorno in Italia sembrava svanire, o comunque allontanarsi molto nel futuro, occorreva quindi cercare soluzioni migliori in Inghilterra.

Dopo aver a lungo riflettuto in merito, affrontai l'argomento con Jane:

– "Ascoltami Jane, vorrei parlarti di alcune riflessioni che vado facendo da un po' di tempo.
Ti va di parlarne ora?"

–"Si Ludovico, sono un po' preoccupata, credo anche io che dobbiamo fermarci a parlare e riflettere."

–"La nostra situazione economica mi preoccupa, non tanto per noi, quanto per l'avvenire delle bambine.
Guarda la situazione politica in tutta Europa ed in Italia in particolare. L'evoluzione sperata da me e tanti altri esuli non sembra proprio essere ragionevolmente vicina.
Come sai, ho sempre coltivato la speranza che la situazione politica mi consentisse di tornare a Roma con te e le bambine, ma ora devo ammettere che non ci sono molte probabilità che questo sogno possa avverarsi.
Pertanto credo che dobbiamo fare uno sforzo di pianificazione un po' più strategica di quanto non abbiamo fatto finora.
Intendo dire che dovremmo prendere atto che il nostro futuro sarà per sempre in Inghilterra e fare di conseguenza alcune scelte guardando più lontano della risoluzione dei problemi quotidiani."

– "Sono d'accordo con te, se intendi che non possiamo più limitarci a cercare altre ore di insegnamento, riuscendo a malapena a non averne sempre meno."

– "Si, più o meno è di questo che parlo, e non dimenticare che il guadagno per un'ora tende oltre tutto a diminuire. Cerchiamo di mettere insieme tutte le informazioni che possediamo sulle possibilità di lavorare nell'insegnamento in Inghilterra, vedrai che le conclusioni scaturiranno da sole."

– "Proviamo a ragionare insieme. Mi pare che tu abbia già maturato delle idee, dimmi chiaramente quello che stai tentando di suggerire. Anche io sono convinta che dobbiamo fare qualche cosa e sono disposta a discutere ogni idea che possa venirci."

– "Hai ragione, ma cerchiamo di focalizzare insieme il problema, io non ho più informazioni di quelle di cui tu stessa disponi, salvo forse qualche dettaglio da me appreso parlando in giro.
A me pare che l'Italia e la sua cultura siano sempre di moda in Inghilterra, ma coloro che desiderano impararne la lingua sono sempre di meno e quindi la richiesta di insegnanti nelle scuole continua a diminuire.
Questo fatalmente rende i guadagni più bassi ed aumenta l'incertezza dell'occupazione
Da quanto scrivono quei tuoi cugini che vivono a York, pare invece che là in provincia, lontano da Londra, il desiderio di imparare l'italiano sia ancora diffuso ed essendoci meno disponibilità di scuole, sia relativamente più facile instaurare un rapporto con una famiglia benestante e questo sembra garantire una maggiore continuità."

– "E' vero, lo ricordo bene, e di quanto scrivono ricordo anche che il costo della vita in provincia è più basso, molto più basso che a Londra."

– "Anche per quanto riguarda le tue materie, musica e canto, in provincia in assenza, o quasi, di scuole, ti sarebbe più facile trovare un insegnamento privato.
C'è poi un altro filone importante: le conferenze. Vedi bene che le uniche che mi capita di tenere, sono sempre in provincia.
Ricordi quando è nata Cornelia? ero a Warrington solo pochi giorni prima per quelle letture su Dante e Ariosto, sono tornato appena in tempo."

– "Si è vero, e sono d'accordo sul principio, ma la scelta non sembra facile. Hai pensato a quale potrebbe essere la città?"

– "Ho sentito parlare bene da un collega che ci ha vissuto alcuni anni di Newcastle upon Tyne su al Nord, non lontano dal confine con la Scozia. Questo collega dice inoltre che, anche se si trova in un distretto industriale, non ha le dimensioni di una grande città ed è aperta ai venti del mare e quindi si respira un'aria molto migliore che a Londra.
Tu sei nata qui, non hai idea di come sia bello il cielo senza tanto fumo e polvere di carbone. Penso che farebbe anche molto bene alla salute delle piccole.
E d'altronde ne' io ne' te abbiamo legami di parentela a Londra, siamo entrambi sradicati. Perché stare a Londra se potremmo stare meglio altrove?"

– "E' vero Ludovico, il nostro mondo è dove siamo noi."

Decidemmo quindi di scrivere qualche lettera a Newcastle prima di prendere una decisione tanto importante, ma alla fine dopo ulteriori riflessioni e dopo aver preso in considerazione altre cittadine, la decisione fu presa ed il 5 settembre 1845 lasciai Londra con Jane e le bambine per trasferirmi a

Newcastle upon Tyne.

Di nuovo ero costretto dagli eventi della vita a lasciare l'ambiente al quale ero abituato per un mondo del tutto nuovo e pieno di incognite.

Questa volta ero meno giovane ed avevo anche la responsabilità di due figlie, tuttavia non ero solo, c'era con me una compagna con la quale avevo discusso le scelte fatte e con la quale ci saremmo aiutati a vicenda in ogni circostanza.

Il faticoso e lungo tragitto, grazie alla meticolosa organizzazione dei trasporti pubblici, fu percorso dalla diligenza in sole 48 ore con poche brevi soste per il cambio dei cavalli e per permettere ai passeggeri di mangiare qualche cosa.

Nell'ozio delle lunghe e insonni ore notturne di viaggio, il mio pensiero vagava e mi veniva in mente che la nostra nuova città si trovava appena a Sud del Vallo di Adriano. Fuggito da Roma, ero finito a vivere ai confini estremi di quello che era stato l'Impero Romano.

5 L'ultimo dramma

Arrivando a Newcastle, trovammo ad attenderci alla diligenza Mr. Addams. Eravamo entrati in contatto con lui per corrispondenza, allo scopo di prendere in affitto un suo appartamento in Clyton Street East.

La sua proposta era senz'altro più conveniente di quanto era possibile trovare a Londra e quindi avevamo fissato per lettera il suo alloggio. Arrivando stanchissimi ci fece molto comodo trovare una casa pronta ad accoglierci e con due caminetti già accesi.

Le nostre speranze di trovare più facilmente lavoro non andarono deluse, Mr. Addams aveva già parlato di noi alle sue conoscenze che erano molto numerose fra le famiglie con una certa disponibilità ad investire nella formazione culturale dei figli.

Sia Jane che io, quindi stringemmo un accordo con due di queste famiglie per l'insegnamento di lingua e letteratura italiana e francese e di musica e canto.

Questo doppio rapporto continuativo di cui eravamo molto soddisfatti, ci costringeva però a prendere in casa quanto prima una governante che avesse cura delle bambine mentre noi eravamo al lavoro. Ci accordammo a questo scopo con Mary Belough, una giovane del luogo di circa 20 anni.

Mary entrò nella nostra casa dopo pochi giorni, il 20 settembre 1845. Era una giovane orfana, di origini modeste, mite e tranquilla, di modi semplici e seri.

Jane non avrebbe voluto affidare le bambine ad estranei, ma non si poteva farne a meno. Fortunatamente fece subito una buona amicizia con Mary che seppe guadagnarsi la sua completa fiducia.

Mary si affezionò molto alle bambine. A loro volta Marianna e Cornelia volevano molto bene a questa *vice-mamma* così giovane, allegra e piena di premure e stavano volentieri con lei tranquille e senza problemi.

Di nuovo sembrava che tutto andasse per il meglio, ma come già altre volte era avvenuto, oscure nubi si addensavano sul mio povero orizzonte.

Dopo pochi mesi, una brutta mattina del luglio 1846 Jane non riusciva ad alzarsi per la febbre altissima ed i brividi. Decise, quindi di rimanere a letto tutto il giorno e non volle che chiamassi un medico.

Passò la giornata nel dormiveglia tipico della febbre e scossa dai brividi. Vedendola in quello stato le misi sopra tutte le coperte che avevamo in casa ed alla fine accesi anche il caminetto nella sua stanza ma i brividi si calmarono solo a sera.

La mattina seguente, la febbre era ancora molto alta e, pur avendo digiunato da 24 ore, non riusciva a mangiare per la forte nausea.

Quando le proposi nuovamente di chiamare il medico, Jane protestò che stava già meglio e presto si sarebbe alzata.

Io ero sicuro che non stava affatto meglio, era certamente il suo desiderio a farle sembrare realtà quella che era solo una sua speranza a non farle comprendere la gravità della situazione, pertanto non insistetti più con lei e, senza cercare di convincerla, feci chiamare il nostro medico il Dr. Serwick che venne a vederla in giornata.

Il Dr. Serwick la visitò con cura, si informò degli eventi precedenti alla sua visita e poi scuotendo la testa le chiese di mostrargli la lingua. Appena la vide non ebbe dubbi: scarlattina.

La terribile notizia ci mise subito in grande allarme per quello che riguardava le bambine, ma purtroppo Marianna era già stata troppo tempo vicino alla mamma e ben presto la febbre altissima e tutto il resto venne anche a lei.

Io ero terrorizzato, mi sembrava di rivivere l'incubo che ricordavo fin troppo bene. Guardando in faccia la realtà bisognava prendere atto che Jane e Marianna erano in pericolo di vita.

Possibile che Dio volesse colpirmi ancora così duramente? Possibile che per le mie colpe rischiassero di pagare la innocente Jane e la piccola Marianna? Non riuscivo a trovare risposte e non sapevo se sarei riuscito a conservare la mia fede.

Ero cosciente da sempre che questa mia fede in Dio era stato l'unico sostegno che avevo avuto nelle mie disgrazie e su cui potessi contare, ma potevo sinceramente pensare che sarei riuscito a conservarla?

Non stavano già sorgendo in me molti dubbi?

Non era forse una ribellione verso il mio Creatore quel senso di sorda rabbia che sentivo crescere in me?

Certamente Jane e Marianna potevano ancora guarire, ma il medico non si era mostrato troppo rassicurante.

Dicevo a me stesso:

– "Vedrai che Dio vuole solo metterti alla prova. Devi superarla mostrando che conservi la tua fiducia e la tua fede in Lui. Vedrai che se supererai la prova tutto si aggiusterà."

Dovevo riuscire ad ogni costo, era mio dovere in modo assoluto.

Per incoraggiare Jane, in casa mi sforzavo di apparire fiducioso e sereno, ma avevo anche bisogno di pensare e di pregare, per questo passavo molto tempo in chiesa e girando da solo nelle strade, in mezzo agli sconosciuti.

Avrei voluto con tutte le forze non essere costretto a riconoscere che nella mia vita mi ero assunto delle colpe molto gravi, ma poi subito mi ribellavo a questo concetto, ero forse io l'unico colpevole degli eventi?

In fondo ciò che aveva creato la situazione di rottura erano le mie opinioni non allineate a concetti tradizionali di opportunità politica, niente che riguardasse la religione in sé, anzi per l'abbandono dell'Ordine avevo sofferto ed ancora soffrivo moltissimo.

Alla fine ero dovuto fuggire da una situazione insostenibile in cui ero stato messo senza un processo ed un giudizio equi e senza la possibilità di difendermi.

Questa situazione si protrasse forse per circa un mese. Le condizione delle due malate rimanevano gravi anche se c'era qualche debole segnale di miglioramento. Il rischio rimaneva alto ma niente faceva pensare che fosse in aumento.

Verso la fine di agosto, le condizioni delle due malate sembravano addirittura migliorare e la nostra gioia era grande. Io in particolare avevo smesso di temere il peggio e ricominciavo

a sperare.
–"Vedi Jane che cominciate a stare meglio? Ora devi aver coraggio, vedrai che la ripresa arriverà presto. Anche il dottore si mostra ottimista."
–"E' vero, noto anch'io dei miglioramenti, ma mi sento tanto male! Ho paura Ludovico, anche il dottore non direi che sia ottimista, secondo me è solo un po' meno preoccupato."
–"Ricorda che le bambine, e Marianna in particolare hanno bisogno della loro mamma ed io ho bisogno della mia compagna."
–"Lo so che avete bisogno di me, io ho bisogno di voi."
–"Si Jane, siamo tutti soli al mondo."
–"Sapessi che desiderio ho di guarire, Ludovico! E non per me, desidero essere con le bambine, provvedere a loro e vederle crescere.
E tu mio povero solitario? Essere il sollievo delle tue pene mi ha sempre commosso e intenerito. Vorrei starti ancora vicino ed invecchiare insieme a te"

Jane e Marianna benché debolissime e provate, avevano ricominciato a nutrirsi ed a riprendere le forze, ma la mia si manifestò presto per quello che era: una speranza vana.

Le tragedie della mia vita non erano finite, madre e figlia presto tornarono ad aggravarsi e per loro arrivò rapidamente la fine per gravi complicazioni.

Il 5 settembre 1846 infatti se ne andò la piccola Marianna, e due giorni dopo la seguì la mia povera Jane appena ventisettenne.

Come già in passato, colpito dalle mie grandi tragedie, pensavo che la mia vita fosse finita per sempre e che non ci fosse alcun modo di sopportarne la continuazione.

Per alcuni giorni praticamente rimasi come morto. Ero talmente attanagliato dall'angoscia che non riuscivo neanche a pensare. Mi sentivo come se la mia vita fosse sospesa in una tenebra priva di suoni, nel cui interno niente e nessuno riusciva a raggiungermi.

Non so se durante quei giorni ho mangiato o dormito, certo non ricordo di aver avvertito alcuno dei normali stimoli fisici che la natura ci manda per aiutarci a sopravvivere.

L'unica sensazione che ricordo di aver avuto era una sottile lama di luce tagliente e dolorosa per quanto cercava di distogliermi dal mio "*nulla*". Era il pensiero di Cornelia.

La piccola Cornelia di soli 18 mesi, neanche due anni, era miracolosamente scampata al contagio. Il pensiero di lei infine mi riscosse da quello stato quasi di letargo in cui la troppa angoscia ed il troppo dolore mi avevano precipitato.

Se non ci fosse stata lei ed il dovere che sentivo di proteggerla ed aiutarla a crescere, non so se sarei stato capace di continuare a vivere. La consapevolezza che la bambina aveva solo me al mondo mi costrinse ad essere ancora una volta più forte di quanto credevo possibile.

Dopo questi tragici eventi, lentamente ripresi a vivere e, per quanto gli impegni di lavoro e il tempo che cercavo di dedicare a Cornelia mi consentivano, avevo mantenuto l'abitudine presa durante la malattia di Jane di girovagare per le strade cercando non tanto la solitudine che certo non mi mancava, quanto la possibilità quasi di nascondermi fra gli sconosciuti.

Era come se in me prendesse il sopravvento un istinto primordiale da animale ferito che mi spingeva a scomparire rendendomi invisibile ai miei persecutori.

Durante queste passeggiate e malgrado i tanti anni trascorsi in questo Paese, talvolta ancora scoprivo ulteriori aspetti dell'organizzazione sociale e politica che mi colpivano per la loro diversità da quelli che avevo sperimentato, e talvolta subito, nella mia patria.

Ed era una fortuna per la mia mente sconvolta. Queste scoperte che risvegliavano il mio interesse, mi consentivano di distogliere per un po' l'attenzione dalla mia situazione e dai miei lutti anche se non potevo trattenermi dal rivisitare gli eventi cruciali della mia vita passata.

Era l'inizio di marzo del 1847 ed avevo notato da alcuni giorni un insolito affollamento delle strade ed un'atmosfera che, tenuto conto della flemma inglese, avrei definito quasi festosa.

Quando cercai di scoprire cosa succedeva, scoprii che era imminente l'arrivo di due dei dodici giudici che due volte l'anno in marzo e in agosto, da Londra, seguiti da molti dei più rinomati avvocati, si recano nella giurisdizione loro assegnata per giudicare tutti i processi criminali pendenti o le cause civili di loro competenza nelle corti semestrali che chiamano *Assizes*.

In quei giorni, tutta la Contea sembrava risvegliarsi a grande movimento e animazione.

Dalla campagna e dai piccoli centri, tutti i gentiluomini si trasferivano nella capitale per essere giurati o almeno spettatori dei giudizi che dovevano aver luogo.

Nessuno voleva perdere l'occasione propizia per godere dell'incontro con gli amici di Londra e dei divertimenti e distrazioni che l'occasione di un grande afflusso in città improvvisamente creava.

Da tutta la contea arrivavano i testimoni e le parti interessate. Da Londra giunsero due dei più affermati avvocati che sarebbero stati avversari in quasi ogni causa.

Essi erano seguiti dalla numerosa schiera dei giovani avvocati che cominciavano ad entrare in carriera e volevano farsi conoscere dal pubblico.

Dopo ognuna di queste sessioni non rimangono più casi pendenti. Tutti devono essere giudicati: o innocenti o colpevoli, questo è il giudizio finale ed un Inglese, qualsiasi sia il suo crimine, non può rimanere sotto processo più di sei mesi.

Che differenza fra questi sentimenti di confidenza e di festosità che precedono la seduta delle corti inglesi e l'orrore e lo spavento che le *commissioni speciali* spargono tutt'intorno dove piantano i loro sanguinari tribunali.

E ben a ragione, perché nessuno può sentirsi al sicuro contro giudici prezzolati per rinvenire il delitto anche quando non esiste e che, dopo aver tormentata la loro vittima con minacce, con digiuni, con menzogne, con insidiose promesse, e soprattutto con una lunga illimitata prigionia, pronunziano le loro sentenze con tutto il mistero dell'assassinio.

Le Assise inglesi, invece, non emozionano e spaventano affatto chi si crede innocente. Ciascuno è convinto, e della sua convinzione fa mostra, dell'integrità, correttezza e imparzialità con cui verrà amministrata la giustizia.

Io mi sono volutamente mescolato alla folla per verificare i sentimenti che regnavano nella massa popolare. Non ho scoperto alcun sospetto, né ascoltato una parola che indicasse diffidenza o astio contro gli amministratori della giustizia.

D'altronde tutti sanno che il giudizio del fatto, il più importante giudizio, non sta nelle mani del giudice della corona, ma dei giurati loro pari.

Per legem terrae et per judicium parium è uno dei privilegi più antichi consacrati dalla Magna Carta e di cui ogni Inglese va giustamente orgoglioso.

Il re d'Inghilterra che può far tremare molti re della terra non può far tremare un suo suddito. Ciascuno deve essere giudicato dai suoi pari secondo la legge del paese. *By the law of the land, and the iudgement of our peer.*

Una gran parte della popolazione di Newcastle si era incamminata quella mattina verso la strada da dove dovevano arrivare i due giudici incaricati dalla Corona per la contea di Newcastle upon Tyne.

Come sempre, niente imprevisti in questa puntualissima Inghilterra. Si era annunziato il loro arrivo per le undici ed alle undici precise ecco arrivare un bel cocchio a quattro cavalli col postiglione nel suo abito svelto ed elegante, il cocchiere col cappello a tricorno simile a quello dei nostri preti, le insegne araldiche della città sulla portiera, due staffieri con una livrea nuova fiammante di dietro.

La carrozza era preceduta da una ventina di staffieri a cavallo colle bandiere della città sventolanti e una sciabola al fianco. Tutto questo corteo era a spese dell'*High Sheriff* della contea (che, sullo scranno a lato del giudice, rappresenta il sovrano, ossia il potere esecutivo) muto, immobile, impassibile, presente soltanto per eseguire le sentenze. Seguivano un gran numero di gentiluomini della città e della contea che erano andati a cavallo ad incontrare i due giudici.

Questa attenzione, questa accoglienza, questi onori e tutta questa pompa sono funzionali non solo verso il popolo per accrescerne la venerazione per la giustizia, ma anche verso i giudici stessi per rinforzarne la coscienza della propria dignità e del proprio dovere.

Con mio grande sbalordimento, senza perdita di tempo, mezz'ora dopo la corte fu installata e i giudizi civili e criminali incominciarono in due aule separate.

Negli ultimi decenni, essendo la popolazione dell'isola e la sua ricchezza aumentate, le aule di giustizia sono state quasi ovunque ricostruite in uno stile più decoroso in cui trovano spazi riservati non solo i giudici, i testimoni, gli accusati, i giurati e gli avvocati, ma anche il popolo comune ed il ceto più elevato.

In Inghilterra il popolo non è mai confuso con le classi più agiate ma neanche è mai trattato senza riguardo.

Le corti sono sempre piene di gentiluomini e gentildonne, tutti urbani gli uni verso gli altri, tutti intenti, ansiosi del destino degli accusati.

Ma anche tutta la platea è qui decentemente vestita, ed anche gli accusati compaiono alla barra con quella cura e pulizia che impiegherebbero se dovessero andare a nozze.

Nella procedura inglese non c'è posto per la commozione: le arti sceniche dell'accusato destinate a intenerire i giudici, come la dialettica dell'avvocato non sono ammesse, né farebbero effetto.

Se si eccettuano le grandi e comiche parrucche in testa ai giudici e agli avvocati, tutto il resto è semplice in questi tribunali e la santità delle leggi, la maestà del popolo romano che spesso troviamo in Cicerone, qui si vedono in pratica.

Non volli mancare l'occasione di assistere a qualche giudizio, e trovai lo svolgimento reale dei processi altrettanto istruttivo delle enunciazioni teoriche delle procedure.

Il giudice *Best* diresse ai giurati una brave allocuzione in cui fece menzione d'un assassino della propria moglie che si doveva giudicare. Spiegò anche ai giurati la differenza tra un assassinio commesso per semplice ingiuria e quello commesso in seguito ad una provocazione con percosse.

Fece questa distinzione senza alcuna allusione al fatto specifico. Il suo discorso fu semplice, in linguaggio non tecnico e molto chiaro.

Uno dei prigionieri fu convinto di abigeato (*horse-dealing*). Poiché in Inghilterra gli agricoltori lasciano pascolare i cavalli liberi nei campi, è molto facile commettere quel reato e pertanto esso è punito con la pena di morte.

Il giudice gli comunicò la sua condanna alla pena capitale, ma lo avvertì che gli sarebbe stata commutata nella deportazione. Questo segno di umanità mi fece ricordare la crudeltà di certi regnanti che lasciano che il condannato salga sul patibolo prima di annunciargli la commutazione della pena.

Un altro dei prigionieri, credendo di poter così mitigare la pena, si dichiarò colpevole alla rituale domanda se si riteneva *guilty or not guilty*, cioè colpevole o non colpevole. Il giudice lo avvertì che ciò non gli avrebbe affatto giovato e gli diede la possibilità di ritrattare.

Altra lezione per i tribunali del continente ove, fra le altre iniquità che si commettono a porte chiuse, c'è anche quella ti tendere all'accusato insidiose trappole, come la simulazione di testimonianze e di confessioni di supposti correi.

L'eloquenza è quasi interamente esclusa ne' giudizi criminali. Il difensore può fare osservazioni e interrogare testimoni come crede, ma non può eccitare le passioni nella giuria.

L'accusato può egli stesso parlare quanto vuole, può anche leggere la sua propria difesa, ma di rado si avvale di questo diritto. E infatti non c'è bisogno di eloquenza, quando la procedura stessa a porte spalancate, dinanzi a tutto il pubblico, è per se stessa la più bella difesa.

L'Inghilterra, che non vanta come noi famosi giuristi, ha trovato col solo buon senso due principi: la pubblicità e il giurì, per i quali essa gode d'una rapida, liberale e imparziale amministrazione della giustizia.

Quando si apre il giudizio esiste, come documentazione, solo l'atto d'accusa riassunto in un appunto del gran giurato preposto a decidere sopra alcune sommarie circostanze dell'ammissibilità o no dell'accusa.

Poi cominciano gli interrogatori e tutto si svolge in pubblico, il giudice intanto appunta il sommario delle risposte e stende una narrazione succinta del fatto accompagnata dai dettagli salienti.

Al termine degli interrogatori il giudice legge la ricapitolazione ai giurati e questi devono decidere se l'imputato è colpevole del delitto imputatogli o è innocente.

E' impossibile che i fatti vengano cambiati da come sono stati riferiti dai testimoni, perché il pubblico ha inteso tutto ed è, per così dire, il giudice del giudice. D'altronde anche i giurati possono, al bisogno, rettificare l'omissione o errore del giudice.

Se l'accusato è trovato colpevole, il giudice non ha che da applicare la pena corrispondente al delitto.

Che differenza con quello che avviene da noi dove l'autorità politica sceglie un giudice giudicante al quale dà le opportune istruzioni. Poi il giudice interroga riservatamente i testimoni, non sempre interroga l'imputato, e successivamente, nel segreto, compila da solo il processo in base al quale l'imputato sarà o meno condannato.

Conoscevo bene questa procedura che avevo dovuto subire sulla mia pelle.

Gli Inglesi hanno reso facilissimo il mestiere del giudice, almeno per metà. Avendo separato i giudici del fatto da quelli della pena, hanno fatto sì che la conoscenza approfondita della legge sia un requisito necessario solamente per questi ultimi, mentre per gli altri basta la rettitudine e il senso comune.

Infatti i loro giudici in toga scarlatta con ermellino, parrucca, e col titolo di milord sono (e devono essere) veri esperti della legge, mentre i membri del gran giurì non sono che possidenti e gentiluomini ignari di ogni codice e quelli del piccolo giurì sono solo bottegai, sarti, calzolai ecc provvisti del comune buon senso.

Assistere alle procedure seguite nelle corti semestrali, mi fece gelare il sangue riportandomi alla mente tutte le storie giudiziarie che avevo sentito raccontare dagli altri esuli condannati con processi farsa, celebrati in gran segreto, talvolta addirittura senza difesa e senza un giudice imparziale, e le mie disavventure all'epoca delle questioni con i monaci.

Io stesso ero stato giudicato, condannato e deportato non da un giudice imparziale, ma dai miei accusatori, in base ad un processo stilato in segreto, con la sola vaga accusa di *fellonia e irreligione* mossami senza prove ne' testimoni, applicando una misteriosa mescolanza di comodo della legge civile e della Regola Benedettina. Infatti in base a quest'ultima potevo al massimo essere espulso, ma non deportato.

E non poteva che essere così, infatti non solo i poteri non erano separati concettualmente, ma talvolta coincidevano nella stessa persona e purtroppo era questo il mio caso, infatti il mio giudice era stato il Cardinale Galeffi che era anche Vescovo Cortuense, Camerlengo di S. Romana Chiesa e Abate Commendatario di Subiaco. Era cioè anche il mio accusatore nella sua veste di superiore nell'Ordine.

Mi dicevo allora che in fondo non avevo tutti i torti, un Paese che amministrasse la giustizia in modo valido poteva esistere.

In Inghilterra lo stato, impersonato dell'*High Sheriff*, assiste al processo ma non vi prende parte.

In effetti, se il principio di separare il potere giudiziario dal potere esecutivo tanto teorizzato funziona così bene nella pratica, perché deve essere considerato un delitto sostenere il principio della separazione fra Stato e Chiesa che appare altrettanto promettente? Non riuscivo proprio a sentirmi colpevole di aver manifestato questa idea.

Alla fine ero stato condannato per *irreligione* non perché non credessi in Dio o credessi in un Dio diverso, ma perché credevo in uno stato diverso ed avrei voluto un unico stato

Italiano e indipendente.

In casa le cose procedevano con l'aiuto della ottima Mary che sembrava proprio la mamma di Cornelia. Questa cresceva mantenendo un tenero rapporto con la governante che aveva avuto sempre al suo fianco da quando poteva ricordare. Almeno da questo lato, per me importantissimo, ero tranquillo.

Avevo sofferto e ancora soffrivo tanto per la privazione della mia famiglia, che temevo per Cornelia anche e soprattutto che rimanesse sola al mondo.

Io, sia pure affranto da tanto dolore, mi venivo assuefacendo alla nuova situazione e la mia gioia era la piccola Cornelia che cresceva in buona salute e costruire per lei un futuro migliore di quello che stato il mio, era rimasta ormai l'unica mia aspirazione.

Qualche volta fantasticando sognavo un ritorno a Roma ed in seno alla mia famiglia con lei, se fosse cambiata la situazione politica.

Forse a Roma, reintegrato nella mia posizione sociale, avrei potuto fare di più, ma il terribile ostacolo sempre presente era il ripudio di mia madre e l'interessata ostilità di mio fratello Annibale, erede universale, che mi privava di quanto mio padre mi aveva lasciato.

Circa un anno dopo la mia scoperta delle corti semestrali, all'inizio del 1848, lessi sui giornali di una nuova sollevazione popolare a Parigi che proclamò la repubblica.

Come mi aspettavo di lì a poco l'Italia tornò ad infiammarsi. L'Austria, pressata dalle sommosse in Cecoslovacchia, in Ungheria, nel Lombardo-Veneto e nella stessa Vienna, pose fine alla monarchia assoluta e concesse lo statuto.

Malgrado questo l'insurrezione popolare a Milano non si fermò, e dopo una battaglia di 5 terribili giorni, le truppe imperiali furono cacciate.

Io cominciavo di nuovo a seguire con ansia gli eventi degli stati dell'Italia centrale, ma di nuovo emerse evidentissima la contraddizione del papa che era contemporaneamente capo della Chiesa e di uno Stato.

Infatti Pio IX aveva mandato, insieme agli altri governanti italiani, truppe in aiuto del re di Sardegna che era entrato in guerra contro l'Austria in appoggio al governo provvisorio di Milano. Ma poi temendo uno scisma dei cattolici Austriaci, ad aprile del 1848, aveva pronunciato la ormai famosa allocuzione in cui annunciava il ritiro delle truppe per essere sia gli Austriaci che gli Italiani suoi figli spirituali.

E non era finita qui, a questo punto furono i romani delusi a divenire ostili al papa e l'ostilità fu tale che a novembre Pio IX si rifugiò a Gaeta.

Partito il papa, i romani in assemblea costituente qualche mese più tardi proclamarono la repubblica.

Forse ci siamo finalmente, pensai io, ma la vita mi aveva insegnato ad essere prudente ed aspettando gli eventi scrissi a mio fratello Roberto per avere informazioni più dettagliate.

Nel frattempo seppi che a capo della Repubblica Romana si era insediato un triunvirato in cui era anche un tal Giuseppe Mazzini e, se lo avevo ben conosciuto, doveva essere lo stesso che a Londra aveva fondato la scuola di Greville Street in cui avevo tanto lavorato.

Ma a questo punto, purtroppo, le contraddizioni del potere temporale del papa emersero di nuovo: il presidente della

Repubblica Francese, dimenticando che da Roma era stato cacciato un re e non un papa, per accattivarsi le simpatie dei cattolici francesi, rinnegò le idee liberali ed inviò un corpo di spedizione in soccorso di Pio IX.

Dopo alterne vicende, Roma accerchiata dai Francesi, dagli Austriaci e dai Borbonici all'inizio di luglio dovette arrendersi.

Di nuovo le speranze di libertà e giustizia di tanti andarono deluse. Di nuovo dovevo considerare che il mio ritorno in patria era impensabile e cominciavo a disperare che la situazione potesse mai cambiare.

Unica consolazione in tanta delusione, mi fu portata dalla risposta finalmente giunta da Roberto a calma ristabilita: i miei fratelli avevano partecipato colle armi alla difesa della Repubblica Romana.

Addirittura il più giovane di noi, quell'Adriano che avevo lasciato a sette anni, aveva combattuto a Vicenza contro gli austriaci fra i volontari romani lì accorsi. Io non avevo potuto partecipare, ma dopo questi eventi li sentivo più vicini.

Seppi poi da Roberto che Adriano, ormai avvocato, era fra i fondatori del Comitato Nazionale Romano. Questa organizzazione clandestina si riprometteva di tenere raggruppati sotto la guida di Giuseppe Mazzini tutti i vinti dei sollevamenti del '48 e '49.

Dall'Italia non giungevano comunque più notizie di moti patriottici, ed io ormai cominciavo ad avere un'età non proprio giovanile e soprattutto non mi sentivo bene ed ogni tanto mi domandavo, anche se con distacco, se la mia vita sarebbe durata abbastanza da farmi vedere l'Unità d'Italia.

Cominciavo a dubitarne.

Con molta ansia, invece, mi interrogavo sul futuro di Cornelia. La piccola era appena in età scolare ed aveva al mondo solo un padre anziano e malandato e nessuna risorsa economica a parte pochi risparmi. Mi arrovellavo continuamente per trovare come assicurarle qualche cosa di meglio, ma di questo problema non riuscivo a venire a capo.

Ero grato a Mary per quanto faceva per Cornelia. Era in casa con noi da non molto tempo, ma per aver sofferto insieme tanto dolore ci sentivamo di appartenere alla stessa famiglia.

Era stata così amica della povera Jane, era così giovane, così vicina a Cornelia che per me era come un'altra figlia. Non so proprio come me la sarei cavata senza di lei in quegli anni dopo la tragedia e devo dire che anche lei voleva un gran bene a Cornelia e forse vedeva in me la figura paterna che le era mancata.

Passarono così con tristezza e angoscia, ma senza eventi critici circa tre anni poi un giorno, mentre ero al lavoro in casa di miei allievi, improvvisamente mi si oscurò la vista e non ricordo più niente fino a quando mi risvegliai in un letto bianco.

Non potevo muovermi, avevo l'impressione di essere legato al letto e mi prese il panico.

Venne un medico, si sedette vicino a me e prese a parlarmi. Mi spiegò che avevo avuto un colpo apoplettico. Anche se avevo superato la crisi, non mi ero ancora ripreso ed ero in parte paralizzato.

A quanto pareva la paralisi aveva colpito la parte destra del mio corpo. Disse anche che erano in attesa del mio risveglio per capire se potevo parlare e se avevo avuto altri danni.

Io potevo parlare, anche se con fatica, ma avevo bisogno di tempo per comprendere le implicazioni sulla mia vita e soprattutto su quella di Cornelia di quanto mi era accaduto. Pensando a lei mi sentii disperato.

In che misura Cornelia avrebbe dovuto pagare per gli errori della mia vita? Cosa potevo più fare per lei ormai?

A quanto pareva dopo aver messo con le mie scelte le premesse per la sua infelicità, ero condannato anche ad assistere impotente agli eventi.

Poi finalmente, dopo una degenza molto lunga, mi riportarono a casa con la sentenza definitiva: emiparesi destra.

Quando fui a casa venne a vedermi il Dr. Serwick col quale dal tempo della morte di Jane ero divenuto amico, e si può ben dire che fosse il mio unico amico.

Egli, pur avendo parlato con i medici dell'ospedale, volle

visitarmi e mi dedicò molto tempo.

Parlammo a lungo quel giorno e, con molto tatto, e dietro mia insistenza, mi fece capire che nelle mie condizioni non potevo aspettarmi di vivere a lungo, anche se nessuno era in grado di fare attendibili previsioni in merito.

Capì benissimo che la mia disperazione era per Cornelia e non per me stesso e concluse il nostro colloquio:

– "Caro Ludovico, pensate a ristabilirvi e se riuscirete ad essere sereno, questo vi aiuterà, non preoccupatevi per il momento di Cornelia.
Credo che la nostra amicizia e la stima che ho per voi, mi consentano di farvi una promessa.
Mi prendo l'impegno, nel caso veniste a mancare, di chiedere la tutela della piccola Cornelia in qualità di unico amico della famiglia ed in assenza di parenti in Inghilterra.
Potete contare su di me, avrò cura di lei e farò in modo che frequenti una buona scuola."

In quei giorni vedevo qualche cosa di inconsueto nel comportamento di Mary. Lo attribuivo alla preoccupazione per la mia salute e cercavo di farle coraggio fingendomi più sereno di quanto non fossi.

Invano, lei era molto più silenziosa del solito e, pur essendo molto premurosa verso di me e naturalmente verso Cornelia, rimaneva talmente assorta nella profondità dei suoi pensieri che sussultava ad ogni piccolo rumore.

Un giorno notai che sostava nella mia stanza apparentemente senza motivo e pensai che desiderasse parlarmi di qualche cosa ma non osasse a causa delle mie condizioni. Ritenni quindi utile rivolgerle qualche parola di incoraggiamento.

Sapevo bene per esperienza che beneficio può dare il confidarsi con qualcuno in grado di comprendere. Pensavo anche che con la mia preparazione e tutte le prove che avevo passato nella mia vita sarei certamente stato in grado di confortarla.

Alle mie parole Mary scoppiò in pianto e per qualche minuto non riuscì neanche a parlare, poi mi disse che conosceva i miei sentimenti paterni verso di lei, che non avrebbe voluto mai darmi altri dolori ed altre preoccupazioni, ma si trovava in una situazione terribile e non aveva nessun altro con cui confidarsi.

Conosceva la grande capacità che avevo di consolare dalle afflizioni con la mia comprensione e parlando di Dio e del suo amore per tutti noi, buoni e cattivi.

Ascoltai quindi il fiume di parole che alla fine mi sommerse e la cui sostanza era che la nostra Mary aspettava un figlio.

Sono certamente tempi in cui nella società inglese la vita per una madre non sposata è molto dura, inoltre un figlio avuto nell'angoscia e senza gioia rischia di essere una pena e non una felicità.

Certo questo figlio difficilmente sarebbe stato per Mary quello che Cornelia era per me: una consolazione, anzi l'unica consolazione.

Dopo averla ascoltata, pertanto, bandii dalla mia mente ogni rimprovero ed ogni domanda che iniziasse con le parole perché, se, come ecc.

Cercai di farle coraggio, certo il suo era stato un errore, ma io non mi sentivo nella posizione di rilevare e stigmatizzare gli errori degli altri. Inoltre non mi pareva il momento giusto.

Andava affrontata la situazione così com'era. Mary mi aveva confidato le sue pene per essere confortata ed aiutata e questo desideravo con tutte le mie forze fare, darle quello che a me era sempre mancato.

Il Signore, come sempre, mi aiutò a trovare le parole giuste e riuscii a placare l'angoscia della povera Mary.

Riuscii a farle vedere il figlio in arrivo non come una punizione, ma come un dono e soprattutto riuscii a farle sentire la vicinanza, la solidarietà e l'affetto di un padre.

Le sue lacrime pian piano si asciugarono ed apparve un pallido sorriso sulle sue labbra.

Le confessai allora che la notizia mi aveva completamente sbalordito e le chiesi di lasciarmi qualche giorno per riflettere su cosa avremmo potuto escogitare per affrontare gli innegabili problemi che si profilavano.

Quella notte non ho dormito, ho pregato a lungo ed ho riflettuto nel resto del tempo. Ero grato a Dio di avermi finalmente dato un segno. Il gesto di Mary che si era confidata con me, mi aveva detto tante cose.

Ero sì un invalido, ma ero ancora in grado di soccorrere i miei simili in difficoltà, c'era chi da me in queste condizioni aveva avuto conforto e attendeva anche aiuto. Non ero finito e inutile, quindi.

Mi era stato ricordato che ogni vita è degna di essere vissuta e che il disegno di Dio non ha bisogno di essere approvato da noi.

Per questi motivi e perché ero grato anche a lei per la sua fiducia, desideravo sinceramente aiutarla ma solo alla mattina ho finalmente trovato la soluzione e, sfinito, sono caduto in un sonno profondo.

Un mese dopo Mary ed io ci siamo sposati. Ora Mary che ne è la matrigna, con l'aiuto del Dr. Serwick, potrà essere sempre vicina a Cornelia.

Bibliografia

[1] Emilia Morelli - *"L'azione di Mazzini in Inghilterra per l'Italia"* - Istituto per la storia del Risorgimento italiano - Roma

[2] Emilia Morelli - *"Gli esuli italiani e la società inglese nella prima metà dell'800"* - Istituto per la storia del Risorgimento italiano - Roma

[3] Emilia Morelli - *"L'Inghilterra di Mazzini"* - Istituto per la storia del Risorgimento italiano - Roma 1965.

[4] Emilia Morelli - *"Lo Stato Pontificio e l'Europa nel 1831-1832"* - Istituto per la storia del Risorgimento italiano - Roma 1966

[5] Giuseppe Pecchio - *"Scritti politici"* - Istituto per la storia del Risorgimento italiano - Roma 1978.

[6] Giovanni Arrivabene - *"Memorie della mia vita"* - G. Barbera - Firenze 1873.

[7] Domenico Demarco - *"Il tramonto dello Stato Pontificio, il Papato di Gregorio XVI"* - Edizioni Scientifiche Italiane - Napoli 1992.

[8] Antonio Silvani - *"Sul governo Pontificio: note di un consultore di stato del 1847"* - Tipi Monti al sole - Bologna 1859.

[9] Luigi Carlo Farini - *"Lo Stato Romano dall'anno 1815 al 1850"* - Le Monnier - Firenze 1850-1853.

[10] Istituto per la storia del Risorgimento italiano Comitato di Viterbo - *"Atti del secondo Convegno Internazionale di storia del Risorgimento"* - Viterbo 26 - 26 Settembre 1981.

[11] Comune di Roma - I Giardini Storici di Roma - *"La Passeggiata del Pincio"* - Roma 2000.

[12] SICILIA DEL POPOLO - *"Una scuola italiana a Greville Street, fondata e animata da Giuseppe Mazzini"* - Palermo 11-12-1951.

[13] *"Memorie della Basilica e Sagro Monastero di S. Paolo"* - Archivio storico della Basilica di S. Paolo in Roma.

[14] *"Series Monachorum Congregationis"* - Archivio storico della Basilica di S. Paolo in Roma.

[15] *"Cronaca dal 1803 al 1830 - Vol 6"* - Archivio storico del Monastero di S. Scolastica in Subiaco.

[16] Giovanni Lunardi - *"La Congregazione Sublacense O.S.B. Vol I L'abate Cesaretto e gli inizi (1818-1878)"* Edizioni La Scala Noci.

[17] Gregorio Penco - *"Storia del monachesimo in Italia: nell'epoca moderna"* - Edizioni Paoline 1968.

[18] Gregorio Penco - *"Benedictus (Regola Benedettina)"* - Fratelli Stianti 1958.

[19] Gregorio Penco - *"La comunità monastica"* - Seregno: Abbazia San Benedetto, 1999.

[20] Luigi Bulferetti e Claudio Costantini - *"Industria e commercio in Liguria nell'età del Risorgimento: (1700-1861) "* - Banca Commerciale Italiana 1966

[21] Giulio Giacchero - *"Genova e Liguria nell'età contemporanea: un secolo e mezzo di vita economica 1815-1969"* - Genova: Cassa di risparmio di Genova e Imperia, stampa 1970

[22] Luciana Gatti - *"Un catalogo di mestieri"* - Genova 1980

[23] Edoardo Grendi - *"Un mestiere di città alle soglie dell'età industriale: il facchinaggio genovese fra il 1815 e il 1850"* - Genova: Societa Ligure di Storia Patria, 1964

[24] Ernest Labrousse - "*Come nascono le rivoluzioni: economia e politica nella Francia del 18. e 19. secolo*" - Torino: Bollati Boringhieri, 1989.

[25] André Rossel - "*D'un cup d'etat a l'autre: 1799 - 1851*" - Montreuil: A l'einsegne de l'arbre verdoyant, 1990.

[26] "Le XIXe siècle" - http://www.19e.org/index.htm

[27] "Lyon" - http://fr.wikipedia.org/wiki/Lyon#Histoire

[28] "Lyon" - http://en.wikipedia.org/wiki/Lyons#History

[29] "Lione" - http://it.wikipedia.org/wiki/Lione

[30] "Histoire de Lyon" - http://fr.wikipedia.org/wiki/Histoire _de_Lyon

[31] "To live free while working or to die as a combatant" - http://www.fileane.com/english/tariff_or_death.htm

[32] "L'echó de la fabrique" - http://echo-fabrique.ens-lsh.fr/sommaire.php?id=21

[33] "Révolte des Canuts" - http://fr.wikipedia.org/wiki/R%C3% A9volte _des_Canuts

.

www.ingramcontent.com/pod-product-compliance
Ingram Content Group UK Ltd.
Pitfield, Milton Keynes, MK11 3LW, UK
UKHW012221240726
13966UKWH00003B/890

9 781847 533289